KB212492

小 栗 虫 太 郎

오구리 무시타로

단편소설

일본문학 총서 9

오구리 무시타로
단편소설

오구리 무시타로(小栗虫太郎) 저

박용만 역 · 이성규 감수

시간의물레

저자 소개

오구리 무시타로 小栗虫太郎

　오구리 무시타로(小栗虫太郎)[1901-1946], 일본 소설가, 추리작가. 비경(秘境)모험작가로 본명은 오구리 에이지로(小栗栄次郎)이다. 지금의 도쿄(東京)도(都) 치요다(千代田)구(区) 소토칸다(外神田)에서 태어났다. 부친이 1911년 사망했지만, 본가로부터의 생활비 지원과 임대 수입으로 생활에 곤란을 겪지 않았다.

　1927년, 오다 세이시치(織田清七) 명의로 『어느 검사의 유서(或る検事の遺書)』를 슌요도(春陽堂)가 발행하고 있던 「탐정취미의 모임(探偵趣味の会)」의 기관지 『탐정취미(探偵趣味)』 10월호에 발표한다. 1933년 봄, 밀실 살인을 테마로 한 『완전범죄(完全犯罪)』를 집필하고, 중학교 선배이지만 일면식도 없었던 고가 사부로(甲賀三郎)에게 원고를 보내 그의 추천장을 얻어 원고를 『신청년(新青年)』[하쿠분칸(博文館)]의 미즈타니 준(水谷準) 편집장에게 가지고 간다. 당시 『신청년(新青年)』 7월호에 게재 예정이었던 다른 원고가 사정이 생기는 바람에 급거 대리 원고로서 게재되어 혜성처럼 추리문단에 등장했다. 동지(同誌) 10월호에 게재된 『후광 살인사건(後光殺人事件)』에서 형사이자 변호사인 노리미즈 린타로(法水麟太郎)를 탐정 역할로 등장시킨다. 이듬해 『유메도노살인사건(夢殿殺人事件)』을 발표하고, 본격파이자 범죄추리소설인 『흰개미(白蟻)』(1935), 신 전기(伝奇)소설 『이십세기철가면(二十世紀鉄仮面)』(1936) 등을 발표했는데, 미국의 추리소설가밴 다인(Van Dine) 풍의 현란한 현학과 트릭, 그리고 메타논리학(metalogic)을 구사하며 그 작풍의 정점에 이르게 한 것은 『고쿠시칸살인사건(黒死館殺人事件)』(1934)이다.

한어(漢語)와 가타카나 독음, 그리고 풍부한 서양 지식에 기반을 둔 그의 작풍은 극도의 현학적 특징을 지니고 있다. 대표작으로는 데뷔작인 『완전범죄(完全犯罪)』(1933), 추리소설의 삼대 기서(三大奇書) 중 하나로 불리는 『고쿠시칸살인사건(黒死館殺人事件)』(1934), 비경(秘境) 탐정소설의 연작인 『진가이마쿄(人外魔境)』(1939-1941) 등이 있다.

제2차 세계 대전이 끝나고 오구리 무시타로(小栗虫太郎)는

「사회주의 탐정소설」이라고 명명한 장편소설 『악령(惡靈)』의 집필에 착수하는데, 마침 그때 피난 가 있던 나가노(長野)현(縣) 나카노(中野)시(市)에서 1946년 2월 10일 향년 45세에 뇌일혈로 사망한다. 유작이 된 『악령(惡靈)』은 탐정소설 잡지 『롯쿠(ロック)』[쓰쿠바쇼린(筑波書林)]에 게재되었다.

1968년에 도겐샤(桃源社)에서 「대 로망의 부활(大ロマンの復活)」 시리즈의 1권으로 『진가이마쿄(人外魔境)』를 출간함에 따라 재평가되기 시작되었다.

역자 머리말

본서는 오구리 무시타로(小栗虫太郎)의 단편 추리소설 『실낙원 살인사건(失楽園殺人事件)』, 『후광 살인사건(後光殺人事件)』, 『성 알렉세이 사원의 참극(聖アレキセイ寺院の惨劇)』의 번역본이다.

『실낙원 살인사건(失楽園殺人事件)』의 초출은 1934년 3월, 아시히신문사(朝日新聞社)의 『슈칸아사히(週刊朝日)』이며, 슌주샤(春秋社)의 『오페리야 살인(オフエリヤ殺し)』에 수록되었다. 번역은 도겐샤(桃源社)에서 1971년에 출간한 『이십세기철가면(二十世紀鉄仮面)』에 수록된 것을 저본으로 삼아 아오조라문고(青空文庫)에서 제공하는 파일을 이용했다.

온천 도시 K와 물가에서 10정(丁)정도 떨어진 난바다와 히요도리지마(鵯島) 사이에 있는, 가네쓰네 료요(兼常龍陽) 박사가 사비를 들여 설립한 '덴뇨엔(天女園)나병요양소'가 사건이 발생한 장소이다. 그곳의 연구소 실낙원(失楽園)에서 가네쓰네 료요(兼常龍陽) 박사와 조수 가와타케(河竹) 의학사가 살해당한 채 발견된다. 이에 부원장이었던 마즈미(真積) 박사가 정양 차 체재중이었던 친구 노리미즈(法水)를 불러 사건 해결을 부탁하게 된다. 노리미즈는 연구소의 조수 안즈마루(杏丸) 의학사로부터 가네쓰네(兼常) 박사가 남긴 수기 '반조 미키에(番匠幹枝) 광중(狂中)수기'를 전달받는다. 수기에는 가네쓰네 박사가 실낙원에서 행한 인체실험에 관해 적혀 있었는데, 수기 마지막 페이지에는 '모르란드 발(Mor -rand bal)', '로렌스 안스죤 코스터(Lourens Janszoon Coster) 초판 성서'의 이름이 적혀 있고 한 장의 퀸 카드가 붙여져 있었다. 과연 가네쓰네(兼常) 박사와 가와타케(河竹) 박사는 누구에게 살해당했고 그 방법과 동기는 무엇이며, '코스터 초판 성서 비장 장소'가 의미하는 바는 무엇인지 등을 중심으로 노리미즈가 예리한 추리를 전개해 간다.

『후광 살인사건(後光殺人事件)』은 1934년 하쿠분칸(博文館) 의 『신청년(新青年)』 10월호에 초출이 등장하고, 1935년 푸로후이루샤(ぷろふいる社)의 『흰개미(白蟻)』에 수록되었다. 번역은 도겐샤(桃源社)에서 1969년에 출간한 『이십세기철가면

(二十世紀鉄仮面)』에 수록된 것을 저본으로 삼아 아오조라문고(靑空文庫)에서 제공하는 파일을 이용했다.

고이시카와 시미즈다니(小石川淸水谷) 비탈길을 내려오면 왼쪽에 떡갈나무와 개암나무의 거목이 울창하게 우거져 있는 그 높은 건물이 후겐산(普賢山) 고라쿠지(劫樂寺)이다. 본당 뒤편에는 이 절의 이름을 높이게 하는 약사당(藥師堂)이 있고 삼나무 숲으로 둘러싸인 황폐해진 당우(堂宇)에서 주지인 다이류(胎龍)의 시신이 발견되었다. 하제쿠라(支倉) 검사가 전화로 일류 형사이자 변호사인 노리미즈 린타로(法水麟太郎)에게 고노스 다이류(鴻巢胎龍) 씨가 괴기한 변사체로 발견되었다는 내용을 알리고 그 자리에는 수사국장 구마시로 다쿠키치(熊城卓吉)도 합류한다.

시신은 큰 돌에 등을 기대고 양손에 염주를 들고 합장한 채, 침통한 표정으로 안쪽의 천인상(天人像)을 향해 정좌하고 있다. 칼흔은 두정골(頭頂骨)과 전두골(前頭骨)의 봉합 부분에 나 있었다. 그 외에 외상은 물론 혈흔 하나도 없었고, 입고 있는 옷에도 더러움이나 주름조차 없이 옷매무새도 가지런하다. 땅에 접한 부분에만 진흙이 묻어 있고 그것도 극히 자연스럽다. 본당 안에는 격투한 흔적은커녕 지문은 물론 그 밖의 어떤 흔적도 남아 있지 않다.

현장에 남은 발자국은 피해자의 것뿐이다. 사찰 관계자의 증언에 따르면 수개월 전부터 약사당의 불상에 후광이 비치는 기적이 일어났다고 한다. 과연 범인은 누구이고 살해 방법과 그 동기는 무엇인지? 그리고 후광의 기적은 정말 일어났는지? 이 괴이한 사건을 형사이자 변호사인 노리미즈 린타로(法水麟太郎)가 어떤 식으로 해결해 나갈 것인가가 주목된다.

『성 알렉세이 사원의 참극(聖アレキセイ寺院の惨劇)』은 1933년 하쿠분칸(博文館)의 『신청년(新青年)』 11월호에 초출이 보이고, 1935년 푸로후이루샤(ぷろふいる社)의 『흰개미(白蟻)』에 수록되었다. 번역은 릿푸쇼보(立風書房)에서 1974년에 출간한 『신청년 걸작선(新青年傑作選) 1 추리소설편』에 수록된 것을 저본으로 삼아 아오조라문고(青空文庫)에서 제공하는 파일을 이용했다.

본 작품도 명탐정·노리미즈 린타로(法水麟太郎) 시리즈의 하나로, 작가의 다른 작품과 마찬가지로 현학 취미적인 문체가 특징적이다. 또한, 이 작품은 시간 계열상으로는 작가의 대표작인 『고쿠시칸 살인사건(黑死館殺人事件)』의 10일 전에 발생한 사건으로 되어 있다. 노리미즈는 독자적인 추리로 사건을 해결하지만 범인을 경찰이나 세상에 공표하지 않았기 때문에 『고쿠시칸 살인사건(黑死館殺人事件)』의 모두에서는 본 사건은 미궁에 빠졌다고 설명하고 있다.

도쿄의 서쪽 교외 Ⅰ의 구릉 지역에 R 대학의 시계탑과 높이를 다투며 우뚝 솟아 있는 성 알렉세이 사원. 일찍이 휘황찬란한 주교의 법복과 현란한 제전이 행해졌던 장엄한 니콜라이 성당이었는데 공산 혁명 이후 일본에 있는 백계 러시아인의 기지로 사용되고 있다. 지금은 황폐해져서 당지기의 라자레프와 그 딸 형제만이 살고 있었다. 그 근처에 사는 검사 하제쿠라는 일정 시각이 아니면 절대로 울리지 않았던 성당의 종소리를 이른 새벽 5시에 듣게 된다. 정해진 시각이 아닐 때 울리는 종은 이변(異變)의 경보라는 어떤 예감을 느끼고 즉시 부근에 사는 노리미즈에게 전화를 걸어 성당 앞에서 만난다.

도중에 위조 전보를 믿는 바람에 애석하게도 초야(初夜)를 헛되이 보내고 말았다는 난쟁이 러시아인 루킨을 만난다. 일행은 도착한 사원에서 라자레프의 변사체를 발견한다.

범인은 과연 누구이고, 어떻게 해서 라자레프를 죽였는지? 왜 종은 울렸는지? 누가 울린 것인지? 이에 대해 하제쿠라(支倉), 구마시로(熊城)가 각자의 추리를 피력한다. 그리고 노리미즈의 추리는 어떻게 전개될 것인지가 주목된다.

2024년 1월 10일

역자 박용만(朴用萬)

目次

Table of contents

I
실낙원 살인사건
失楽園殺人事件

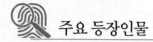

- **노리미즈 린타로(法水麟太郎)**

  전 수사국장인 형사, 변호사. 정양 차 온천 도시에 머무르던 중 친구 마즈미(真積) 박사로부터 사건 해결을 의뢰받는다.

- **마즈미(真積)**

  나병요양소의 부원장으로 해당 사건을 위해 친구인 노리미즈를 불러들인다. 부원장이면서도 실낙원에는 한 번도 들어간 적이 없다고 한다.

- **안즈마루(杏丸)**

  가네쓰네(兼常) 박사의 조수로 실낙원에서 의학사로 일하고 있는데 마즈미(真積)가 노리미즈에게 그를 소개한다.

- **가네쓰네 료요(兼常龍陽)**

  이번 사건의 피해자이자 나병요양소 및 실낙원의 원장. 실낙원에서 시랍(屍蠟: 死蠟) 연구를 진행하던 중, 암초에 표류해온 반조 미키에(番匠幹枝)를 구하고 그녀에게 이끌려서 동거생활에 들어간다. 한편 그녀의 나선균을 안와후벽에서 두개강(頭蓋腔) 속에 주입시켜 미키에를 마비광으로 만들어내서 그 특유의 의신(擬神) 망상을 들으려고 꾸민다. 미키에가 죽은 후에는 그녀의 시랍에 천녀(天女)의 모양을 만들고 지옥의 옥졸 모습을 한 2개의 시랍과 함께 시랍실에 안치하고 있다가 자기 방에서 변사하고 만다.

■ **가와타케**(河竹)

가네쓰네(兼常) 박사의 조수로 의학사로서 일하고 있었는데 연구소 자기 방에서 살해당한 채로 발견된다.

■ **반조 미키에**(番匠幹枝)

어떤 사정으로 인하여 암초에 표류하고 있을 때 왼쪽 눈이 실명된 아름다운 여성으로 가네쓰네 박사에게 발견되어 보호를 받게 된다. 가네쓰네 박사의 인체 실험에 의해 발광하고, 자신을 천인(天人), 즉 선녀라 칭하며 도라면(兜羅綿) 나무 아래의 중차원(衆車苑)에서 노니는 모양을 말하기 시작한다. 이후 개복 수술을 받았지만 결국 사망하고 만다. 사망 후 가네쓰네 박사에 의해 시립된다.

■ **구로마쓰 주고로**(黒松重五郎)

연구소 내에서 시립된 환자 중 한 명. 지옥의 옥졸 모습을 하고 있다.

■ **쇼지 데쓰조**(東海林徹)

연구소 내에서 시립된 환자 중 한 명. 구로마쓰와 같은 지옥의 옥졸 모습을 하고 있다.

■ **반조 시카코**(番匠鹿子)

미키에의 언니로 이전 신분은 U도서관 직원이라는 구세군 여사관이다. 시립된 미키에의 법률상의 시신 보존 허가와 거래 대금을 받기 위해 찾아오는데, 광중(狂中)수기를 보고는, 금전이 아닌 실낙원의 일원으로 넣어 달라는 조건을 단다.

실낙원 살인사건
失楽園殺人事件

1. 떨어진 천사 이야기

온천 도시 K와 물가에서 10정(丁)[1] 떨어진 난바다에 있는 히요도리지마(鵯島) 사이에는 거의 썩어가는, 허술하게 만든 나무다리가 굽이굽이 놓여 있는데, 그 지역에서는 그 다리의 이름을 시인 세이슈(青秋) 씨(氏)의 호칭을 따와 '탄식의 다리(嘆きの橋 / Ponte dei Sospiri)'라고 부르고 있었다.

히요도리지마(鵯島)에는 가네쓰네 료요(兼常龍陽) 박사가

---

1) 정(丁) : 거리의 단위로 1정(丁=町)은 1간(間)의 60배로 약 109미터에 상당한다.

사비를 털어 설립한 '덴뇨엔(天女園)나병요양소'가 있었는데, 다리를 건너는 사람들은 모두 우수에 잠긴 듯 보이는 폐질자(廢疾者; 신체장애를 수반하는 불치병에 걸린 사람 : 역자주)나 그 가족들뿐이었다.

그러던 3월 14일, 간밤의 짙은 안개가 남아 있어 아직 노르스름한 아지랑이가 상공을 덮고 있던 정오 무렵, 그 다리를 세상 다 살았다는 듯 우울한 얼굴로 노리미즈 린타로(法水麟太郎)[2]가 건너고 있었다. 아쉬운 대로 4, 5일 정도 휴식을 취할 생각으로 모처럼 만에 어렵사리 만든 휴가였는데, 바로 그때 구내의 실낙원(失樂園)이라고 불리는 연구소에서 괴기한 살인사건이 발생하고 말았다. 건너편 강가에서 친구 노리미즈(法水)가 머물고 있다는 사실을 아는 이상, 부원장인 마즈미(真積) 박사가 어찌 그냥 지나칠 수 있으랴!

노리미즈 또한 겉으로는 떨떠름한 기색을 내비치기는 했지만, 내심 호기심이 끓어올랐던 것은 전부터 원장 가네쓰네 박사의 이상한 품행과 실낙원에 관한 갖가지 풍문을 전

---

2) 노리미즈 린타로(法水麟太郎) : 일본 탐정소설의 귀재 오구리 무시타로(小栗虫太郎)가 지은 『고쿠시칸(黑死館) 살인사건(殺人事件)』에서 활약하는 명탐정.

해 들어왔기 때문이었다.

그런데 마즈미 박사를 만난 순간부터 노리미즈(法水)는 실낙원의 비밀스러운 분위기를 조금씩 감지하기 시작했다. 마즈미 씨는 우선 자신보다 적임자라 여겨지는, 실낙원 전임인 조수 안즈마루(杏丸) 의학사(医学士; 학사의 하나로 종합대학 의학부 또는 의과대학 졸업생의 칭호 : 역자주)를 전화로 불러 내 뜬금없이 다음과 같은 말을 전했다.

마즈미: "내가 자교쇼(坐魚礁)[실낙원 소재지]에 한 번도 발을 들어놓은 적이 없다고 하면 자네는 분명 이상하다고 생각하겠지. 하지만 그것은 의심의 여지도 없는 사실이야. 사실 가와타케(河竹)와 안즈마루(杏丸)라는 두 명의 조수 이외에는 나조차도 출입을 허락받지 못했어. 다시 말해 그 일곽(一廓; 한 구역의 토지 : 역자주)은 원장이 만든 절대 침범할 수 없는 비밀스러운 장소였던 것이지."

노리미즈: "그건 그렇고 살해당한 사람은 누군가요?"

마즈미: "조수 가와타케 의학사. 이것은 명백한 타살이라는

데, 묘하게도 동시에 원장도 급사하고 말았지. 여하 튼 이런 시골 경찰에게도 만세불후(萬世不朽; 영원히 썩 거나 멸망하지 않는 것 : 역자주)의 조서를 남겨주기를 바 라네."

그때 30세 정도의 땅딸막한 남자가 들어왔고 마즈미 씨는 그 남자를 안즈마루 의학사라고 소개했다.

안즈마루는 마치 몸이 부어오른 것 같이 진흙 빛의 노르 스름한 피부색을 지닌, 딱 보기에도 우울한 인상의 남자였 다. 노리미즈는 먼저 현장 검증에 앞서 안즈마루에게 실낙 원의 본체와 3명의 수상한 생활에 관해 들을 수 있었다.

안즈마루: "원장이 자교쇼(坐魚礁)에 실낙원 건물을 지은 지 이번 달로 딱 만 3년이 됩니다. 그동안 완전시랍(屍蠟; 밀랍처럼 변화된 시체 : 역자주)에 관한 연구가 비밀리에 진 행되었습니다. 즉 부패법과 피부 가죽을 무두질하는 방법, 그리고 말피기 씨가 개발한 점액망(粘液網) 보 존법이 주요 연구 항목이었지요. 그리고 그동안 저와 가와타케(河竹)는 높은 월급을 빌미로 실낙원 내부 사 건에 관한 발설을 일체 금지당했습니다. 그런데 이번

1월에 완성된 연구에 앞서 무엇보다 먼저 말씀드려야 할 사항이 있습니다. 그것은 과거 3년 동안 실낙원에 또 한 명의 비밀 거주자가 있었다는 사실입니다."

그리고 안즈마루는 호주머니 속에서 괘지로 철한 『반조 미키에(番匠幹枝) 광중수기(狂中手記)』라는 제목의 책을 한 권 꺼냈다.

안즈마루: "일단 원장이 쓴 이 서문을 읽어 보시면, 원장이란 인물이 얼마나 악마적인 존재였는지, 그리고 병고에 일그러진 탐미사상이 어떤 처참한 형태로 나타났는지에 대해 자세히 아실 수 있으실 겁니다. 이것이 완전시랍 연구 이외에 실낙원에서 지내셨던 생활의 전부입니다."

보상화(宝相華; 당초 문양의 가상적인 오판화(五瓣花) : 역자주)와 화식조(花喰鳥; 장식 문양의 하나로 봉황 등의 상서로운 새가 꽃가지 등을 물고 있는 것 : 역자주)의 그림 무늬로 장식된 표지를 펼치자, 노리미즈의 눈은 금세 첫 1장(章)으로 빨려 들어갔다.

── ××6년 9월 4일, 나는 암초 사이에서 왼쪽 눈을 실명한 26, 7세가량의 미모의 표류 여성을 구조했다. 소지품으로부터 본적 및 반조 미키에(番匠幹枝)라는 이름은 알아냈지만, 그녀는 너무 큰 충격을 받은 탓인지 거의 말을 하지 않았고 전체적으로 우울증의 징후를 보였다. 하지만 이따금 하는 말로 이 사람이 고즈쿠에(小机)에 있는 승려의 부인이고, 남편의 질투 때문에 왼쪽 눈에 상처를 입게 되었으며, 그것이 물속으로 투신자살하는 원인으로 작용했다는 사실이 밝혀졌다. 그러는 동안 내 마음은 점점 미키에에게 이끌리게 되었고 이윽고 '미친 여자와의 동거생활'이라는 어처구니없는 일이 벌어지고 말았다.

── 내게는 하나의 계획이 있었다. 우선 첫 단계로 안과 출신인 안즈마루에게 부탁하여 미키에의 왼쪽 눈에 의안(義眼) 수술을 하게 했다. 그리고 수술 중에 그에게 강요하여 살아 있는 나선균(매독균)을 안와후벽(눈구멍 뒷벽)을 통해 두개강(頭蓋腔)으로 주입시켰다. 사실은 대뇌를 침식하여 초기에 나선균이 만들어내는 것은 현실을 초월한 가공 세계에서나 가능한 일이었다. 다시 말해 나는 미키에

에게 마비광(痲痺狂)을 만들어내어 그 특유의 의신(擬神) 망상에 빠지도록 꾸며낸 것이었다. 추측대로 미키에의 높은 교양과 탈속(脱俗)의 경지를 뛰어넘은 소질은 금세 자신을 천인(天人), 즉 선녀라 칭하며 도라면(兜羅綿)[3] 나무 아래의 중차원(衆車苑; 제석(帝釋)의 도읍지인 선견성(善見城) 밖의 동쪽에 있다는 정원 : 역자주)에서 노니는 모습에 대해 말하기 시작했다. 그 표현할 수 없는 아름다움은 이 한 권의 책을 만들어내는 노고를 마다하지 않을 정도여서, 실로 보적경(宝積経)[4]이나 겐신(源信; 헤이안(平安) 중기의 천태종의 중 : 역자주) 소즈(僧都; 승관(僧官)의 하나로 승정(僧正)의 아래, 율

---

3) 도라면(兜羅綿) : 1. 도라(兜羅)는 범어 トゥーラ(tūla)의 음사(音写). 백양수(白楊樹) 등의 초목 꽃 속에 있는 부드러운 면을 말한다. 2. 면사에 토끼털을 섞어 짠 직물. 색은 쥐색·연보라색·옅은 감색 등이 많고 원래는 수입품. 나중에 털을 섞지 않은 일본식 제품도 생겼다고 한다. 3. 한국고전용어사전에서는 '얼음 같이 흰 솜. 도라(兜羅)는 얼음이라는 말이고, 면(綿)은 솜임. 도라이(兜羅毦)라고도 함.'이라고 설명하고 있다.

4) 보적경(宝積経) : 『대보적경(大宝積経)』의 제 43회에 상당하는 것으로, 『가엽소문경(迦葉所問経)』이라고 불리는 경전인 것 같다. 중국, 당나라의 보리류지(菩提流支)가 한역(漢訳)한 대승경전. 120권. 49회(会)로 되어 있는 독립된 경전을 모은 것으로 법보의 집적이라는 의미이다. 『보적경(宝積経)』이라는 명칭은 예로부터 알려져 있다.

사(律師)의 위에 상당 : 역자주)의 오조요슈(往生要集)[5] 같은 것
과는 도저히 비교할 수 없는 것이었다.

―― 그런데 그때 나를 놀라게 만든 일이 있었는데 그것
은 미키에가 임신을 했다는 사실이었다. 서둘러 누마즈
(沼津)에 있는 농가에 보내 분만을 마치게 하고 다시 본원
에 데리고 온 것은 올해 1월이었다. 그런데 그사이에 미
키에의 몸과 마음에는 역시 예상대로 참담한 변화가 있었
다. 나선균이 척추 안으로 들어가 운동에 실조(失調; 근육
운동이 제대로 이루어지지 않아 노력을 해도 똑바로 걸을 수 없는 상태
: 역자주)가 일어나고 하복부에 격렬한 동통(疼痛; 몸이 쑤시
고 아픈 것 : 역자주)이 나타나기 시작한 것이다. 미키에의 환
상도 고통에 수반되는 비애의 표현으로 가득 차게 되었으
며 화만(華鬘; 승방이나 불전(佛前)을 장식하는 장신구 : 역자주)이
시들고 우의(羽衣; 선녀의 옷 : 역자주)가 더러워지는 등, 천인
쇠언(衰焉; 쇠퇴 : 역자주)의 모습을 보이기 시작했다. 이렇

---

5) 오조요슈(往生要集) : 불교서. 3권. 겐신(源信)이 저술. 985년 성립. 여러
   경론 중에서 왕생(往生)의 중요한 문구를 발췌하여, 왕생정토의 도를
   설명한 것. 일본 정토종(浄土教)에 획기적인 영향을 미쳤다.

게 되면 곧 식물성 존재로 퇴화할 뿐이어서, 치료 방도는 있었지만 내게는 이미 미키에가 필요 없는 존재로 여겨지기 시작했고, 남은 수단은 안락사뿐이라는 생각에 이르게 되었다.

—— 그러나 자연은 내 손길을 기다리지 않고 미키에에게 심한 복수증(腹水症; 복막강(腹膜腔)에 액체가 고인 상태를 나타내는 증상 : 역자주)을 유발시켰다. 여섯 자 남짓까지 비대해진 배와는 반대로 온몸은 바싹 말라 쇠약해져 마치 소시(草紙; 다수의 삽화를 실은 일본 에도(江戶) 시대의 대중 소설 : 역자주)에 있는 아귀(餓鬼)의 모습을 연상케 하는 미키에를 보니 지난날의 모습은 어디로 간 건지 한탄밖에 나오지 않았고, 전변(轉變)하는 쇠사슬의 차가움은 몽환이랄까, 포영(泡影; 물거품과 그림자라는 뜻으로, 사물의 덧없음을 비유적으로 이르는 말 : 역자주)이라 말할 수밖에 없었다.

—— 이곳에서 3월 6일 개복 수술을 하고 복수 속의 막낭(膜囊; 엷은 막으로 이루어진 주머니 : 역자주) 수십 개를 적출했지만 병후의 경과가 좋지 않았고 그날 숨을 거두고 말았다.

이상과 같이 나는 미키에에게 천인(선녀)의 일생을 그리게 하였는데, 1년 남짓 도취를 탐했던 이유에서인지 그 마지막 모습을 기억하고자 자교쇼(坐魚礁)연구소를 실낙원이라고 명명하게 된 것이다. ──

　노리미즈(法水)가 다 읽기를 기다렸다는 듯 안즈마루(杏丸) 의학사는 말을 이었다.

안즈마루: "그러나 연구의 완성과 동시에 미키에 외에 두 개의 시신을 더 입수할 수 있었습니다. 두 사람 모두 요양소의 입원 환자였는데, 한 사람은 구로마쓰 주고로(黑松重五郎)라는 50세 남성으로 희귀한 송과상결절(松果狀結節) 나병을 앓고 있는 사람이었고, 또 한 사람은, 이것은 에디슨병이라는 기이한 병이었는데, 부신(副腎)의 변화로 인해 피부가 청동색으로 변하는 질환을 가지고 있던 사람으로, 쇼지 데쓰조(東海林徹三)라는 젊은 남자였습니다. 이렇게 현재는 세 개의 시신이 완전한 시랍(屍蠟, 死蠟; 납화(蠟化)한 시체, 시지(屍脂) : 역자주) 상태라 보시면 되는데요, 거기에 원장님

이 운간채색(繧繝彩色)[6]이라고 부르시는 괴기한 분식까지 되어있는 상태입니다. 미키에는 부풀어 오른 배 그 상태로 만들었고요, 다른 두 사람에게는 명계(冥界)의 옥졸(獄卒)들이 입는 의상을 걸치게 하여 이른바 육도도회(六道図絵)[7]의 다면상을 만들어낸 것입니다."

이렇게 말한 후 안즈마루의 눈에 살짝 비웃는 듯한 빛이 감돌았다.

안즈마루: "그런데 법규상 시신 보존 허가와 거래 대가를 위한 유족과 교섭이 필요하게 되어 세 사람의 대표가 섬으로 건너왔습니다. 그것이 그끄저께, 11일의 일이었습니다."

---

6) 운간채색(繧繝彩色) : 동양에서 예로부터 사용된 색채로 농담의 변화를 선염(渲染)에 의하지 않고 농담(濃淡)이나 색조가 다른 색을 병렬시켜 입체감이나 바림의 효과를 내는 기법.

7) 육도도회(六道図絵) : 육도(六道)는 중생이 그 업에 의해 가는 육종의 세계. 생사를 반복하는 미혹의 세계. 지옥도(地獄道)·아귀도(餓鬼道)·축생도(畜生道)·수라도(修羅道)·인간도(人間道)·천도(天道). 그리고 도회(図絵)는 도화 또는 그림을 의미한다.

노리미즈: "그러면 아직 체재 중이겠군요."

안즈마루: "그렇습니다. 그러니까 이 사건은 단순히 '3-2=1' 이라고 말할 수는 없습니다. 물론 교섭도 쉽게는 진행되지 않았구요. 애초에 시신 열람을 거절했던 원장의 조치에서 일어난 일이겠지만, 구로마쓰(黑松)의 남동생이나 쇼지(東海林)의 아버지까지 대금에 대한 불만을 말하기 시작했습니다. 특히 미키에의 언니, 이름은 시카코(鹿子)라고 하는데, 이전 신분이 U도서관 직원이었다는 구세군 여사관은 이 수기를 보더니 터무니없는 조건을 말하기 시작했습니다. 그것이 금전적인 것이 아니라 실낙원의 일원으로 넣어 달라는 조건이라니 참 묘한 일이 아닐 수 없어요."

노리미즈: "음, 실낙원의 일원으로 말이지요……?"

노리미즈도 의아한 듯 미간을 찡그렸다.

안즈마루: "아마 이것을 봤을 겁니다."

안즈마루는 마지막 페이지를 펼쳤다.

그날은 수술 당일로 '미키에, 영면하다'라고 쓴 다음, 한 장의 퀸 카드가 붙여지고 그 골패의 오른쪽 어깨에 '로렌스 안스존 코스터(Lourens Janszoon Coster) 초판 성서 비장 장소'라고 쓴 뒤 그 인물 모습 위에 '모르란드 발'이라고 써 놓았다.

노리미즈: "모르란드 발이라는 것은 분명 발이 여덟 개인 소위 과잉 기형을 뜻하는 것이겠지? 그럼 이것은 암호를 말하는 건가?"

노리미즈가 고개를 갸우뚱하면서 묻자, 마즈미 박사는 끄덕이며, "그런데 고스터 초판 성서라는 것은 뭐지?"라고 물었다.

노리미즈: "있다면 대박이지. 그야말로 역사적인 발견이 될 거야."

노리미즈(法水)는 처음부터 믿기지 않는다는 듯 말했다.

노리미즈: "세계 최초의 활자 성서는 1452년 판 구텐베르크(Gutenberg, Johannes Gensfleisch)라는 책인데, 같은 해에 네덜란드 하알렘 사람인 코스터도 인쇄기계를 발

명하여 성서 활자 책을 만들었다는 기록이 남아 있어. 하지만 이쪽은 현재 1권도 남아 있지 않은 반면, 구텐베르크의 책은 시가 60만 파운드나 된다고 하네. 만일 이것이 사실이라면 실로 놀랄만한 일이 아닐 수 없지."

잠시 후 노리미즈는 안즈마루에게 말한다.

노리미즈: "그럼 사건의 전말에 관해 말씀해 주시겠습니까? 원장님과 가와타케 의학사 중에서 어느 쪽이 먼저였나요?"

안즈마루: "원장님입니다."

안즈마루는 조감도의 약식도를 적은 종잇조각을 꺼내어 노리미즈에게 건넨 후 말했다.

안즈마루: "원장님은 상당히 오래전부터 결핵을 앓고 계셔서 바람이 없는 밤에는 창문을 열고 주무시는 습관이 있었습니다. 그런데 오늘 아침 8시경이었나? 열려 있는 창을 통해 이상한 광경이 눈에 들어왔습니다. 그

내용을 가와타케에게 알리러 갔다 왔는데, 방문이 도저히 열리지 않는 것입니다. 그렇게 한 시간 정도를 기다려 보았는데 아무리 기다려도 나오지 않았어요. 어쩔 수 없이 다른 남자 둘과 힘을 합쳐서 문을 부수고 들어갔습니다. 그러자 가와타케는 배후에서 심장으로 단검이 꿰뚫려 위를 보고 젖혀진 모습으로 쓰러져 있었습니다. 그리고 두 방의 정황을 말하자면, 원장님 방은 가운데 뜰 쪽의 창이 열려 있었을 뿐, 문과 다른 창문은 굳게 잠겨 있는 상태였습니다. 그렇다면 가와타케 쪽은 어땠을까요? 완전히 밀폐된 방이었습니다. 그리고 시신 검안 결과는, 가와타케는 우선 말할 필요도 없겠지만, 원장님 쪽은 상세한 부검을 기다린다고 하더라도 아마 급성 병사로밖에 생각되지 않았습니다. 게다가 사망 시각이 또한 묘한 구석이 있어서요. 원장님은 오전 2시에서 3시 사이라고 여겨지는데, 가와타케는 오늘 아침 10시라는 검안(檢案; 시체에 대해 사망 사실을 의학적으로 확인하는 것 : 역자주) 소견이어서 사망 후 2시간 이내라는 추정밖에 할 수 없었습니다. 요컨대 우리가 시끄럽게 떠들고 있는 동안에 비명소리나 다른 어떤 소리도 내지 않고, 범인은 남모르게 은밀히 활동했다는 이야기가 됩니다."

안즈마루는 교활한 웃음을 지으며 소리를 낮추었다.

안즈마루: "그런데 노리미즈 씨, 여기에서 놓쳐서는 안 되는 사건이 있습니다. 그것은 다름 아니라 원장님의 죽음을 발견하기 직전에 시랍실(屍蠟室) 창 옆에서 졸도한 반조 시카코(番匠鹿子)를 발견했던 것입니다. 물론 바로 방으로 안고 들어가서 정신을 차리게 하기는 했지만, 그 후에 돌아볼 여유가 없어서 11시경이 되어서야 살짝 병문안 겸 찾아가 보았는데 그때는 평소처럼 아무 일도 없었다는 듯 어느샌가 침대에서 나와 일어나 있었습니다."

노리미즈: "그러면 가와타케의 죽음에 대해 시카코는 명백한 알리바이가 결여되어 있다는 말이 되겠군요."

노리미즈는 상대의 얼굴을 힐끗 한 번 보고 나서 말했다.

노리미즈: "그럼 현장으로 안내해 주시겠습니까?"

2. 육도도회(六道図絵)의 비밀

실낙원은 히요도리지마(鵯島)로 이어지는 3정(三町) 4방 정
도의 암초 위에 성토를 하여 그 위에 세워졌는데, 주위의 울
창한 수목이 그 전체 모양을 덮어 감추고 있었다. 본 섬과의
사이에는 도개교(跳開橋; 평소에는 매달아 두고 유사시에만 내려 걸
치는 다리 : 역자주)가 있었는데 그 조작은 원장과 두 명의 조수
에게만 허락되었다.

〈실낙원의 방 배치도〉

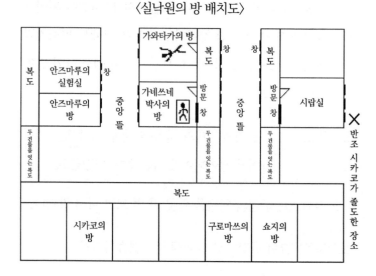

중앙 평지에 상기 배치도대로 늘어서 있는 것이 실낙원의 전모이다. 4개 동 모두 전부 흰색으로 칠한 목조 단층 건물인데, 외관은 어디서나 볼 수 있는 흔한 병동의 모습과 조금도 다르지 않았다.

노리미즈는 먼저 주위의 발자국을 조사하기 시작했다. 어젯밤의 짙은 안개로 젖어 있는 흙 위에 있었던 것은 발견 당시의 안즈마루의 발자국뿐이었고, 결국 거기에서는 아무것도 얻을 것이 없었다.

그러나 가네쓰네(兼常) 박사의 방에 들어가서 창 너머 강가 건너편의 한 동(棟)을 바라보았을 때 비스듬히 보이는 안즈마루의 실험실 창이 활짝 열려 있는 것을 알 수 있었다.

가네쓰네 박사 방에는 창문이 5개 있었는데 복도 쪽의 두 개는 단순한 유리창이고 거기에는 문고리가 걸려 있었지만 가운데 뜰 쪽의 세 개는 활짝 열려 있었다. 방문은 복도 쪽 왼쪽 끝에 있었고 그 오른쪽 구석에 침대가 놓여 있었다. 그 위에서 가네쓰네 박사가 잠옷 차림으로 사지를 약간 벌린 모습으로 반듯이 누워 있었다.

나이는 대략 54, 5세로 브리앙(Briand, Aristide)[8]형 수염만 없다면 상당히 우락부락한 얼굴 생김새였지만, 입을 반쯤 벌리고 죽어 있는 얼굴을 보면 그냥 단지 평온하게 자는 모습으로만 보였다.

실내에 다른 살림살이는 없었고 어디에도 어질러진 흔적이 없을 뿐만 아니라, 지문이나 범죄를 입증할 만한 것은 아무것도 없었다. 시신에도 외상은커녕 중독사로 보이는 징후도 남아 있지 않았다. 사망 시각은, 작은 책 상자 위에 던져진 오른쪽 손등 아래에 손목시계의 깨진 유리 파편이 있었는데, 그 시곗바늘이 정각 2시를 가리키고 있는 것만으로도 명확히 알 수 있었다.

노리미즈: "역시 심장마비일까요?"

시신에 손을 대고 있는 노리미즈의 배후에서 안즈마루가 말을 걸었다.

안즈마루: "공기색전(空気栓塞; 공기색전증(空気塞栓症). 다량의 공

---

8) 브리앙(Briand, Aristide)[1862-1932] : 프랑스의 정치가로 외상, 수상을 역임하고 1926년 노벨 평화상 수상.

기가 체정맥 또는 우심계에 들어가서 그것이 폐동맥계로 이동함으로써 생긴다. 폐의 유출로가 폐쇄되어 급속히 죽음에 이를 수 있다. : 역자주)에는 맹렬한 고통이 수반됩니다만, 유연(流涎, 침을 흘리는 짓)이나 안구 편위(偏位, deviation)의 흔적도 없는 것을 봐서는 뇌일혈(腦溢血)이라고도 볼 수 없고……. 게다가 이런 개방된 실내에서는 유독가스는 쓸모가 없을 테니까요."

노리미즈: "그렇습니다. 그렇게 되어 준다면야, 실로 큰 도움이 되겠지요."

노리미즈는 왠지 반대의 견해를 내비치는 기색이었지만 이내 시신 주위를 조사하기 시작했다.

열쇠 다발은 베개 밑에 그대로 있었는데 안즈마루의 이야기로는 각각의 방마다 열쇠 모양이 다르다고 했다. 그는 곧 침대 쪽에서 벗어나 주변 마루 위를 주의 깊게 살펴보았다. 그 주변 일대에 눌려 찌부러진 듯한 방광 모양의 물건 네다섯 개가 흩어져 있었는데, 그 한 치 정도의 자루 모양을 한 물건은 안즈마루 의학사의 설명으로 갑자기 주목을 받게 되었다.

안즈마루: "실은 저도 의아하게 생각하고 있었습니다. 이것은 미키에(幹枝)의 복수(腹水)와 함께 적출된 막낭(膜囊)이니까요. 당시 삼십몇 개가 적출되어 현재 시랍실(屍蠟室)의 유리판 안에 보관되어 있을 겁니다. 그중에는 막(膜)이 상당히 질긴 것도 있었고요."

노리미즈: "음, 그렇군요."

 노리미즈도 수긍한 듯 끄덕였다.

노리미즈 "정말 복막 내의 이물질이 이런 곳에 흩어져 있다니, 정말 섬뜩한 이야기입니다. 하지만 그렇게 생각되는 것은, 이것이 범죄의 증표라고 여겨지기 때문이겠지요. 만일 흉기의 일부라고 한다면……."

안즈마루 "아니, 이런! 타살설이 제기되면, 바로 앞이 제 방이라서요. 하지만 이 막낭에 유독가스를 채워 넣었다고 가정한다 해도, 이 정도 거리라면 투척하기 전에 먼저 이 얇은 막이 무사하지 않았겠지요. 그렇게 되면 이번에는 중앙정원에 흔적이 없다는 사실이 되어 버리는 것이지요."

비웃는 듯한 안즈마루의 얼굴에 노리미즈는 비꼬듯 미소를 던졌다.

노리미즈: "아니오, 발자국 같은 것은 필요 없습니다. 중앙정원과는 반대 방향에서 던져졌을 테니까요."

또 막낭 하나하나를 가리키며 이렇게 말했다.

노리미즈: "당신은 여기 있는 모든 것을 한 줄로 죽 이어 가면 그 선이 시신을 중심으로 반원을 그리고 있다는 사실을 모르시겠어요? 그 방사상(放射狀; 중앙의 한 점에서 사방으로 거미줄이나 바큇살처럼 뻗어 나간 모양 : 역자주)에 왠지 의미가 있어 보입니다. 그렇게 되면 뒤에 있는 유리창에는 문고리가 채워져 있으니까 이 모양이 왠지 모르게 박사에게 가해진 불가해한 힘을 암시하고 있는 것 같지 않으신가요? 여하튼 이 정황으로 봐서는 명백히 자연사는 아닙니다. 그리고 타살이든 자살이든 이 형태에 박사 죽음의 비밀이 있는 것이 분명한 것 같습니다."

이렇게 사인 불명인 채로 박사의 방을 나와서는 그 길로 조사현장을 가와타케 의학사의 방으로 옮겼다.

그 방은 같은 동 안에서 작은 방을 하나 사이에 두고 있었는데 창은 모두 닫혀 있었고 부서진 방문만이 열려 있었다. 방의 사방에는 실험 설비가 갖춰져 있었고, 그 중앙에는 잠옷 위에 실내복을 걸친 가와타케 의학사가 문 쪽으로 발을 뻗은 채, 대자로 고개를 숙이고 엎드려 있었다.

그리고 그 등 쪽에는 정확히 심장 위치에 손잡이까지 거의 파묻힐 듯 깊이 단검이 꽂혀 있었는데, 피는 찔린 곳 주위에만 불거져 있을 뿐, 부근에는 피 한 방울조차 남아 있지 않았다. 게다가 실내에서 눈에 띌만한 현상이라고 한다면 시신의 발밑에 의자가 하나 쓰러져 있는 것뿐이었다.

한편 단검은 가와타케의 소지품이었고 범인은 장갑을 사용한 듯 손잡이에 지문은 남아 있지 않았다. 이렇게 모든 정황이 즉사했다는 사실을 말해 주고 있었다. 모든 것은 박사의 방과 거의 흡사하여 격투한 흔적은 물론 범인이 뛰어넘었다거나 한 흔적은 어디에서도 발견되지 않았다. 그러나 방문 열쇠가 잠옷을 넣는 자루에 있었던 것을 보니, 밀폐된 방에 **신변**(神變; 사람의 지혜로는 도저히 알 수 없는 신비로운 변화 :

역자주) 불가사의(不可思議: 사람의 생각으로는 미루어 헤아릴 수 없이 이상하고 야릇한 것 : 역자주)한 침입을 할 수 있었던 범인의 기교는 노리미즈에게 현혹과도 흡사한 감정을 일으켰다.

이윽고 시신 오른쪽 벽에 있는 뻐꾸기시계가 울리기 시작하였고, 노리미즈는 그 옆에 있던 실험용 가스전의 점검을 끝으로 조사를 마치고는 그와는 어울리지 않는 한숨을 쉬며 말했다.

노리미즈: "이거 참 난감한 일이군. 내출혈이 일어나 외부로 흘러나온 피의 양이 적어서 찔렸을 때의 위치조차 모르겠어."

안즈마루: "그런데 말이야. 2시 전후에 박사를 살해하고 날이 밝은 뒤 8시경에 가와타케를 살해할 때까지 범인은 도대체 어디에 숨어 있었던 걸까요?"

안즈마루가 슬쩍 암시 섞인 말을 했지만 노리미즈는 그 말이 불쾌한 듯 눈썹을 찡그리고는 아무 대답도 하지 않았다.

그 후 섬에 들어온 세 명을 심문하게 되었는데, 남자 두 명은 모두 안즈마루와 마찬가지로 어젯밤에는 취침을 위해 방에 들어간 후, 한 번도 방을 나온 적이 없었고 오늘 아침에 사람들이 떠들썩한 것을 보고 나서야 비로소 그 사실을 알았다고 한다. 구로마쓰 구시치로(黑松九七郞)라는 나병 환자 남동생은 시신 매입 대금을 올려주기만을 바라고 있었고, 쇼지 다이토쿠(東海林泰德)라는 애디슨병 환자의 아버지는 직업이 약제사인 만큼 병의 특성상 임종시기가 빨랐다는 점에 짙은 의혹을 품고 있는 것 같았다.

그러나 마지막 사람인 반조 시카코(番匠鹿子)는 가슴에 손을 대고 생각에 잠긴듯하더니 그녀의 입은 아무 흔적도 없는 다섯 번째 인물의 존재를 명확하게 지적하며 실로 섬뜩한 목격담을 토해냈다.

시카코: "그저 딱 한 번만 여동생을 보고 싶다는 생각뿐이었습니다. 어젯밤 1시경에 바로 그 몹시 짙은 안개 속을 헤치고 시랍실 창문 옆으로 갔습니다. 간신히 미늘창 창살을 수평으로 만들기는 했지만, 보이는 것은 낭(囊) 같은 것이 떠 있는 유리판 같은 물건이 켜진 성

냥불에 비쳤을 뿐입니다. 그런데 그때 그 방에 누군
가가 있는 듯한 느낌이 들었습니다."

안즈마루: "농담하지 마세요. 시랍(屍蠟, 死蠟) 외에 누가 있었
다는 겁니까? 그 방은 원장님 이외에는 절대로 열 수
없다구요."

안즈마루 의학사가 험상궂은 소리를 내자 시카코는 그것
을 강하게 반박하며 말했다.

시카코: "만약 그렇지 않다면 여동생을 포함해 두 사람이 살
아 있었다는 셈이 됩니다. 실은 제가 좀 이상한 것을
보았거든요."

공포의 기색이 역력한 시카코는 이야기하기 시작했다.

시카코: "그때 어딘가에서 시계가 2시를 알렸고, 저는 마지
막으로 남은 성냥 하나를 켰습니다. 그러자 갑자기
유리판이 새하얀 빛으로 밝아지는가 싶더니 마치 내
부를 휘젓는 것처럼 낭(囊) 같은 것이 떴다 가라앉았
다 하며 움직이는 거예요. 단 1, 2초 사이에 일어난

일이었는데 저는 퍼뜩 놀라움과 피로감에 정신을 잃고 말았습니다. 절대로 환각 같은 것은 아닙니다. 그 사실을 꼭 믿어 주셨으면 좋겠어요."

놀란 두 사람은 엉겁결에 겁이 나서 소름이 끼친 듯 시선을 마주쳤지만 안즈마루는 믿을 수 없다는 듯이 중얼거렸다.

안즈마루: "만일 안에 있는 막낭이 부서지거나 했다면 부패 가스의 발산으로 움직일 수도 있었을 겁니다. 하지만 그 빛이라는 게 좀 납득하기 어렵군요. 분명 우리 외에 어떤 인물이 숨어 있었을 겁니다. 그 사람이 분명히 범인일 겁니다."

그리고 여우처럼 새침하고 앙칼진 표정의 시카코를 바라보았다. 이렇게 심문은 끝났지만 시카코는 코스터성서에 관해서는 한마디도 하지 않았고, 노리미즈도 더 이상은 시카코의 알리바이를 추궁하려 들지 않았다.

그러나 노리미즈는 무언가가 생각난 듯 안즈마루를 남겨두고 두 시간 정도 방을 나갔다가 돌아온 후에 시랍실(屍蠟室, 死蠟室)에서 마지막 조사를 하게 되었다.

시랍실은 사건이 발생한 1동 건물의 오른쪽에 있었는데 그 방에만 창문에 덧문이 달려 있었다. 그 이중문 안쪽에는 '떨어진 천사여 떠나라'라고 말하는 듯 하계(下界)를 가리키고 있는 도리천(忉利天)[9]과 제석천(帝釋天)[10]의 유리화가 끼워져 있었다.

문 앞에 서자 기분 나쁜 냄새가 콧속으로 흘러들어왔다. 그 썩은 흰자위 같은 이상한 냄새를 맡고 천 조각으로 콧구멍을 막지 않을 수 없었다. 그리고 실내에는 그 누구도 본 적이 없었던 괴이하기 그지없는 광경이 전개되고 있었다.

그것은 어둡고 끔찍하다기보다, 천태만상(千態万状)의 괴기(魁奇; 다른 것보다 특이하고 뛰어난 것 : 역자주)도 이 지경에 이르면 공포 또는 혐오라는 감정을 초월하여 마치 한 장의 밀식화연(密飾画然; 조밀하게 장식한 그림 : 역자주)의 신화 풍경이라고 표현하는 편이 적절할 것이다.

---

9) 도리천(忉利天) : 육욕천(六欲天)의 두 번째로 수미산(須弥山)의 꼭대기에 위치하고 염부제(閻浮提) 위에 있는 천계.

10) 제석천(帝釋天) : 불교의 수호신인 천부(天部)의 하나. 천주제석(天主帝釈)·천제(天帝)·천황(天皇)이라고도 한다.

문 오른쪽에는 주단(朱丹)·군청(群青)·황토·녹청 등의 고대 암석 그림물감의 색조가 멋진 색소 정착 방식으로 표현되어 있었고, 두 명의 명계 옥졸이 우두커니 서 있었다.

오른쪽은 애디슨병 환자인 청동도깨비가 녹청색의 홑옷을 걸치고 있었고 조금 비통한 표정을 짓고 있었다. 왼쪽편의 빨간 옷을 입은 추하고 괴이한 결절라(結節癩; 크고 작은 결절이 온몸에 돋아나 넓게 퍼져 살갗을 상하게 하는 나병 : 역자주)는 송과(松果) 모양을 한 딱지가 거의 광물화되어 주금이라고밖에 생각되지 않았는데 그것이 산악처럼 서로 겹쳐 있어서 눈과 입이 막혀 있었으며, 게다가 구름에 맞닿을 듯한 거인이 마치 금강역사처럼 굳건한 사지를 뻗고 있었으며 비뚤어진 입으로 허공을 흘겨보고 있었다.

그리고 그 두 사람에 사이에 쭈그리고 앉아있는 것은, 가운데 가르마를 타 보계(寶髻; 불상에서 보살이 머리 위에 묶고 있는 상투 : 역자주) 모양으로 묶은 나체의 반조 미키에(番匠幹枝)였다. 늑골의 살이 움푹 패어 있고 사지가 투명한 호박색으로 말라비틀어진 백치의 가인(佳人)은 직경 두 자가 넘는 부푼 배를 껴안고 있었는데, 금방이라도 불뚝불뚝 맥박이 뛰기 시작할 것만 같았다.

그러나 노리미즈는 그것을 힐끗 쳐다보았을 뿐 곧 시랍(屍蠟, 死蠟)과 창 사이에 있는 탁자 쪽에 걸어갔다.

미키에의 배에서 나온 복수와 막낭을 넣은 커다란 유리판이 그 위에 얹혀 있었고 갈색의 탁한 액체 속에 자라 알처럼 말랑말랑한 물체가 20개 남짓 떠 있었다. 그리고 그 이상한 냄새는 썩은 복수로부터 새어 나오고 있다는 것을 알 수 있었다.

그때, 안즈마루를 돌아보며 노리미즈가 말했다.

노리미즈: "이 부패 가스에서 황화수소 냄새가 심하게 나지 않나요? 유리판 아래의 천도 연둣빛으로 변색 되었네요. 아마 범인은 여기에서 순수 가스를 채취해서 그것을 막낭(膜囊)에 채웠을 겁니다. 아마 그것으로 박사를 살해했다고 다른 사람들이 생각하게 만들고 싶었겠지요. 그러나 공교롭게도 황화수소는 독한 가스이며 도처에 흔적을 남깁니다. 게다가 설령 순수한 것이라 하더라도 어젯밤과 같은 맹렬하고 짙은 안개

를 만나게 되면 배겨낼 수가 없게 됩니다. 흩어져 없어지기 전에 먼저 수증기가 흡수되어 버리기 때문입니다. 그럼, 이제부터 시카코의 목격담을 한번 해부해 보실까요?"

노리미즈는 창가에 서서 잠시 엉거주춤한 자세로 유리판과 눈싸움을 하더니 이윽고 방긋 미소를 지으며 허리를 폈다. 안즈마루 의학사는 그 모습을 의아하게 여기며 노리미즈의 동작을 따라하기 시작했는데 이것은 그저 의혹을 증폭시키기만 할 뿐이었다.

노리미즈: "나는 당신이 왜 득의양양한 얼굴을 하고 있는지 모르겠습니다. 의문은 더욱더 깊어지기만 하는 것 아닌가요? 깨진 망낙이 없으니 일단 떠서 움직였다는 설명은 성립될 수 없겠지요? 게다가 시카코가 봤다는 빛이라는 것이 또 문제가 되는데요. 만일 그것이 유리창 너머의 중앙정원 건너편에서 나왔다고 한다면, 보신 바와 같이 유리판의 뒤쪽은 두 명의 시랍(屍蠟, 死蠟)이 입고 있는 주단(朱丹)과 녹청색의 천으로 막혀 있으니 그렇게 새하얗게 보일 염려는 없습니다.

그렇다면 그 요사스러운 빛은 유리판의 주위에서 발생했다는 것이 됩니다. 즉 범인은 분명 우리 4명 이외의 안개 속의 인물이라는 거지요. 그런데 어째서 당신은?"

안즈마루: "그 이유는 다른 곳에 있습니다."

노리미즈가 조용히 말했다.

노리미즈: "그런데 이렇게 말하면 혹시 비아냥거림으로 들릴지도 모르겠지만 시카코의 목격담은 사실로 증명되었습니다. 저어 안즈마루 씨, 그 시각이 박사의 사망 시각과 딱 일치하지 않나요? 그래서 달무리 같은 기체로부터 결정을 만드는 촉매제를 발견한 것이 아닌가 하는 생각이 들었습니다. 즉 이독제독(以毒制毒)의 법칙을 사용할 수 있기 때문입니다. 수수께끼로 수수께끼를 제압하는 것이지요."

안즈마루는 반박했다.

안즈마루: "가장 중요한 것은 무엇보다도 직감이에요. 당신

은 왜 시카코를 추궁하지 않으시는 거죠?"

노리미즈: "하하하하, 하지만 시카코보다 더 수상한 용의자
　　　　가 있어요."

안즈마루: "뭐라고요? 시카코보다 더 수상한 사람이 있다구요?"

　안즈마루는 놀라서 소리를 질렀다.

노리미즈: "안즈마루 씨 그것이, 당신이라고 하면 어떻게 하
　　　　시겠어요?"

　노리미즈는 못을 박듯 말했다.

노리미즈: "아까 당신의 실험실 선반 위에서 이런 것을 발견
　　　　했다고 하셨죠? 'ㄑ'자형의 나뭇조각은 보시는 바와
　　　　같이 부메랑(飛去来器, 이른바 『날아와!』라는 장난감)입니
　　　　다. 그럼, 그것을 물고 있는, 구멍이 있는 종이로 만
　　　　든 공 모양은 무엇일까요? 저는 대략 이 사건을 파악
　　　　했다는 생각이 드네요. 자, 여러분들은 본도(本島, 큰
　　　　섬)로 가시면 되구요, 저는 잠시 조용히 생각할 시간
　　　　을 갖도록 하겠습니다."

3. 코스터성서를 파헤치다

마즈미(真積) 박사를 비롯한 관계자 일동이 마른침을 삼키고 있는 자리에 일몰이 지나고 얼마 후에 노리미즈가 나타났다. 그리고 자리에 앉자마자 조용히 말했다.

노리미즈: "범인을 알아냈습니다."

시카코: "코스터성서의 소재도 말입니까?"

잔뜩 긴장된 분위기 속에서 마치 살인사건에는 관심이 없다는 듯 시카코가 처음으로 코스터성서에 관해 말하기 시작했다.

그 입술은 납빛으로 변했고 부들부들 떨고 있는 관자놀이에서는 땀이 흐르고 있었다. 그리고 그 눈에는 분명히 0의 엄청난 행렬을 좇고 있는 듯한 비열한 욕구가 불타오르고 있었다.

노리미즈: "그렇습니다. 코스터성서의 소재도 알아냈습니다. 그럼 순서에 따라 말씀드리겠습니다. 그런데 저에게 분석까지 하게 해 준 열쇠라는 것은 다름 아닌

시카코 씨, 실은 당신의 눈이었어요."

소란스러워진 사람들을 제지하며 노리미즈는 이야기하기 시작했다.

노리미즈: "말씀하신 대로 그 목격담은 사실입니다. 때마침 요사스러운 흰빛이 발생했고 그로 인해 내부의 막낭이 움직였던 것입니다. 물론 그 빛의 광원이 유리판 부근에 있었다면 실제로 그 방에 사람이 숨어 있었다거나, 그게 아니라면 초자연적인 괴현상이 되어버립니다만, 어디까지나 실재성을 믿고 싶었던 저는 그 광원을 유리판 뒤쪽으로 멀리 가져갔습니다. 하지만 유리판 뒤쪽에는 시랍(屍蠟, 死蠟)이 입고 있는 주단과 녹청색의 의상이 있어서 그것이 장해가 되고 말지요. 하지만 이 경우 오히려 그 장해가 시카코 씨의 눈에 믿을 수 없는 신기한 현상을 비췄던 것입니다. 시카코 씨, 당신의 눈은 살짝 적록 색맹이 있지 않으신지요?"

시카코: "그것을 어떻게……. 용케도 잘 알아내셨네요."

엉겁결에 시카코는 탄성의 소리를 내며 노리미즈의 얼굴

을 기가 막힌 듯 넋을 잃고 바라보았다.

　그러나 노리미즈는 사무적으로 계속했다.

노리미즈: "생리학에는 플뤼겔(Flügel) 채색표라는 용어가 있
　　　는데요. 채색한 표면에 회색 글자를 쓰고 그 위를 얇
　　　은 천으로 덮으면 색맹에게는 그 글자가 사라져버려
　　　서 읽을 수가 없게 됩니다. 그 경우가 이에 딱 들어맞
　　　는다고 보시면 되는데요. 즉 뒤에서 발생하여 유리판
　　　안에 들어온 빛이 빨간 천과 녹색 천을 통과하는 것
　　　이어서 그것을 내보낸 갈색의 복수는 시카코 씨의 눈
　　　에는 회색으로밖에 비치지 않는 것입니다. 따라서 안
　　　에 있는 똑같은 색의 막낭은 사라져 버리는 것이지
　　　요. 게다가 그것이 성냥불을 쳐다본 이후여서 마치
　　　막낭이 떠서 움직이는 것 같은 착각을 일으키게 된
　　　겁니다. 여러분 이렇게 저는 유리판 뒤쪽에서 빛나던
　　　것을 증명할 수 있었는데요, 그럼 그 광원은 어디에
　　　서 나왔을까요? 그것은 몇 개의 유리창을 사이에 둔
　　　가네쓰네 박사 방이었습니다."

　그리고 노리미즈가 꺼낸 부메랑(飛去来器; 부메랑은 이전에는

원문의 '飛去来器(ひきょうらいき)'이라고도 한자로 표현했는데 보급되지 않고 부메랑이라고 불리게 되었다 : 역자주)과 종이로 만든 공 모양의 물체를 보자, 안즈마루는 얼굴을 숙이고 초조한 듯 손톱을 깨물기 시작했다.

노리미즈가 계속했다.

노리미즈: "실은 이 두 가지는 박사 방의 건너편 강가에 있는 안즈마루 씨의 실험실에서 발견된 것입니다. 던진 곳으로 다시 돌아오는 부메랑의 기능을 생각하면 도저히 안즈마루 씨에게 의혹을 품지 않을 수 없어요. 게다가 이 군데군데 둥그런 구멍이 뚫린 종이로 만든 구형의 물체는 화포(花砲, 꽃불)의 탄알인데요. 그렇다면 막냥에 유독 기체를 채운 것을 구멍에 집어넣고 탄피에는 다소 힘이 약한 화약을 사용하여 부메랑에 끼워 그것을 날리면 적당한 장소에서 화약 연소로 튀어나온 막냥이 아마도 사인 불명의 즉사를 일어나게 한 것이 아닐까 생각합니다. 물론 탄피는 부메랑과 함께 다시 쏜 곳으로 돌아왔지만 그때의 화포가 유리창 몇 개를 지나는 과정에서 시랍실의 유리판에 비쳤

던 것입니다."

그 순간 안즈마루를 향해 뭔가 뜨거운 시선이 일제히 집중되었다.

그러나 노리미즈의 억양은 조금도 변하지 않았다.

노리미즈: "그러나 한 발짝 더 나아가서 부메랑 특유의 호선
(弧線, 반달 모양의 선) 비행, 특히 돌아오는 길이 커다란
호선, 을 생각해 보면 안즈마루 씨의 방을 기점으로
한다는 당연한 해석은 실로 잘못된, 피상적인 관찰에
지나지 않는다는 것을 알 수 있습니다."

노리미즈는 약식도에 호선을 그리고는 설명을 계속했다.

노리미즈: "보시는 바와 같이 안즈마루 씨의 실험실에서는
위치가 조금 비스듬해서 호선으로 인해 옆방과 부딪
히고 맙니다. 또 화약에 직접 불이 나게 하지 않기 위
해서는, 도화선의 길이도 생각해야 합니다. 그러면
부메랑을 사용한 범행이 전부 교착 상태에 빠지게 되
는데요, 저는 우연히 '부메랑이 돌아오기 직전에 한

번 더 날아오르는 힘을 가해주면 어떻게 될까'라는
생각이 들었습니다."

마즈미: "뭐라고? 다시 힘을 가한다고?"

마즈미 박사가 놀란 듯 얼굴을 들었지만 노리미즈는 그
눈을 차갑게 쳐다보며 말했다.

노리미즈: "다시 말해, 커다란 호선을 그리며 되돌아오는 순
간에 반대 방향으로 다시 한번 튕겨 날릴 수 있는 동
력이 있었던 것이 아닐까 하는 생각에 이르게 된 것
입니다. 그 힘은 화약의 연소였습니다. 그렇게 되면
이번에는 기점이 박사와 같은 동에 있는 가와타케의
방으로 바뀌게 되는데요. 우선 부메랑을 강 건너편
의 안즈마루 씨의 실험실에 날아 들어가게 하면 되돌
아온 커다란 호선이 가네쓰네 박사 방에 들어갑니다.
그때 화약에 불이 붙어 있었기 때문에 막낭을 배출할
때의 배기 반동으로 마치 로켓과 같은 현상이 일어나
게 된 것입니다. 이 새로운 힘을 부여받은 부메랑은
다시 온 곳을 되돌아가 안즈마루 씨의 실험실 안으로

날아 들어가게 된 것입니다."

그렇게 되자, 도대체 범인이 누구인지 완전히 안개 속을 방황하는 듯한 느낌이 들었다. 현상학적으로는 해결에 가까워졌다는 생각이 들기는 했지만, 가장 중요한 한 사람의 이름이 노리미즈 입에서 언제라도 금방 나오리라는 생각은 들지 않았다.

노리미즈: "요컨대 이것은 범죄를 전가하고자 하는 행위의 일종인데요. 부메랑이든 화포든 충분히 이학적(理學的)으로 계산할 수 있는 성질의 것이므로 이 범행에는 상당한 확실성이 있다고 볼 수 있습니다. 사용한 유독 기체는, 시신에 청산가리에 의한 죽음의 징후가 없는 것으로 보아 아마 수소화비소(水素化砒素)일 가능성이 큽니다."

마즈미: "하지만 가스는 금방 흩어져서 없어져 버리지 않을까?"

마즈미 박사는 다시 한번 반박했다.

노리미즈: "그런데 순식간에 바닥으로 가라앉게 만드는 것이

있었지요. 거기에 그 맹렬하고 짙은 안개만 없었다면……."

노리미즈는 빈정거리듯 말하고는 계속했다.

노리미즈: "그런데 안개 속에서 온도가 다른 기류가 흐르면 안개가 두 개로 나누어지는 현상을 아시나요? 굳이 헬름홀츠(Helmholtz, Hermann Ludwig Ferdinand von)[11] 같은 위대한 학자의 이름을 말하지 않더라도, 수증기 벽과 온도의 차이가 안개가 흩어져 버리는 것을 막기 때문입니다. 따라서 어젯밤의 짙은 안개는 범인으로서는 더할 나위가 없는 좋은 기회였을 겁니다. 막낭이 깨져 새어 나온 수소화 비소는 작렬할 때 생기는 선회기류(旋廻気流)가 위쪽 부분에 있었기 때문에 그것에 눌려 긴 끈 모양으로 내려갔던 것이고요, 그 한쪽 끝이 박사의 콧구멍에 닿았던 것입니다."

마즈미: "그럼, 범인은 누군가요?"

---

11) 헬름홀츠(Helmholtz, Hermann Ludwig Ferdinand von)[1821-1894)] : 독일의 생리학자·물리학자.

노리미즈: "가와타케 의학사입니다."

마즈미: "그럼, 그 가와타케를 죽인 사람은?"

노리미즈: "가와타케는 자살했습니다."

　노리미즈는 웃을 수밖에 없었다. 모든 정황이 정반대로 흘러가고 있기 때문이다.

노리미즈: "가와타케의 비뚤어진 근성은 자기의 비운을 누군가에게 전가하고자 실로 놀랄 만한 기교를 고안해 냈습니다. 그 단검은 옆쪽에 있는 실험용 가스의 용기 주입구에서 발사된 것입니다. 우선 가와타케는 단검 손잡이를 주입구에 끼워 넣고 그곳과 원래의 스위치까지 이어진 연관(鉛管)에 작은 구멍을 내고 그곳의 공기를 배기통으로 배출시켰습니다. 그리고 원 스위치에는 접형(蝶形; 날개를 편 나비와 같은 모양 : 역자주) 한쪽에는 실을 매달아 놓고, 다른 한쪽 끝을 뻐꾸기시계의 작은 문 안에 있는 태엽에 연결시켰습니다. 그 태엽은 한 시간마다 조금씩 느슨해지는데요, 그렇게 느슨해지면 작은 문이 열리고 뻐꾸기가 움직이게 됩

니다. 물론 그 일은 시간이 되어 작은 문이 열리는 바로 직전에 일어났다고 봐야 합니다. 그래서 시간이 되어 뻐꾸기가 나오는 문이 열리면 실이 눌려 팽팽하게 부풀어지기 때문에 접형(蝶形)을 끌어당겨 가스 마개가 열리게 되는 것입니다. 그리고 진공 속에 분출되는 무시무시한 힘이 주입구 언저리에 있던 단검을 발사시킨 것입니다. 그러나 계량기의 나사가 꽉 죄어 있었기 때문에 분출된 소량은 눈 깜짝할 사이에 흩어져 없어지고 말았습니다. 그리고 다른 한쪽의 실은 끌어당긴 힘 때문에 접형(蝶形)에서 빠지게 되었고 그 후 1시간 사이에 뻐꾸기시계의 태엽 안으로 들어가 버린 것입니다."

마즈미: "그럼 역시 가와타케가 범인인 건가? 그렇다면 도대체 무슨 동기로……."

마즈미 박사와 안즈마루 의학사가 눈으로 대화를 나누는 동안에도 노리미즈는 입을 쉬지 않았다.

노리미즈: "그런데 그렇게 된 동기는 자기가 가네쓰네 박사

를 죽이려 한 사실이 허무하게 드러났기 때문인데요. 그것은 다름 아닌 코스터성서였습니다. 가와타케는 어렵게 그 소재를 알아내어 강탈할 계획을 세우고 가네쓰네 박사를 살해한 것입니다. 하지만 신기하게도 코스터성서는 가와타케에게 빼앗기지 않았습니다."

시카코: "네!?"

시카코가 갑자기 광적인 편집증을 드러내며 탁자 끝을 꽉 붙잡았다.

노리미즈: "말씀하신 대로, 가와타케에 이어 저는 코스터성서가 숨겨진 장소를 알아냈습니다. 그것은 물론 그 골패에 새겨진 박사의 수수께끼를 풀었기 때문에 가능한 일이었지만요. 너무나 싱겁게도 이런 식으로 풀려간 것입니다."

노리미즈는 처음으로 담배를 꺼내고 유유히 암호 해독을 시작했다.

노리미즈: "일반적으로 '모르란드의 발'이라는 것은 발이 여

넓 개로 보통 것보다 세 개가 많은데요. 거기에 얹혀 있는 '삼(三)'이라는 숫자가 이 경우 '세 글자를 빼라'라는 의미가 아닌가 생각했습니다. 그리고 여러 시행착오 끝에 '몬드(Mon-d)'의 세 글자를 없애게 된 것입니다. 그렇게 남은 '라(ra)'와 '루(ru)'로 이번에는 '라(ra)'를 왼쪽으로 길게 쓰러뜨려 보니, 마치 그 두 개가 종이에 쓴 '루(ru)' 라는 글자를 거꾸로 바라다본 형태가 된 것입니다. 그것은 다름 아닌 사랍실(死蠟室, 屍蠟室) 문에 있던 제석천의 유리그림이었던 것입니다. 그리고 퀸 카드는 어떻게 바라봐도 같은 형태로 보인다는 점에서 "'정(井)" 자를 암시하는 것이 아닐까'라는 생각을 하게 되었습니다. 그래서 유리그림의 제석(帝釈; 십이천의 하나 : 역자주)이 가리키는 마루 밑을 살펴봤더니 아니나 다를까 거기에 자연적인 수혈(竪穴; 지면에서 곧게 내리 판 굴 : 역자주)이 있었고 코스터성서는 그 속에서 발견되었습니다."

그렇게 말하고는 시카코를 바라보며 노리미즈가 방긋 웃었다.

노리미즈: "그러나 그 소유는 마땅히 당신에게 돌려드려야
만 합니다."

노리미즈의 옷 자루에서 시가 일천만 엔의 가치가 있는
희귀서가 꺼내어지는 순간은 실로 역사적인 순간이었으며
경이와 선망으로 숨을 내쉬는 사람조차 없었다. 그런데 꺼
내진 것을 보고는 모두가 "아!" 하고 소리를 질렀다.

맙소사! 그것은 성서와는 전혀 닮지 않은 태아와 같은 모
양을 한 잿빛의 납작한 물건이었기 때문이다.

시카코는 노여움을 담아 소리쳤다.

시카코: "장난은 그만 하세요. 빨리 코스터성서를 보여주세요."

노리미즈: "이것이 바로 그것입니다. 가네쓰네 박사는 이 태
아의 미라를 코스터성서에 비유하여 말한 것인데요,
그것은 쌍태(雙胎; 태 안에 태아가 두 개 있는 것 : 역자주)의
한쪽이 다른 한쪽에 눌려 찌부러져서 생긴 지상태아
(紙狀胎兒; 종이태아. 쌍생아(雙生兒) 중에서 살아 있는 태아(胎
兒)가 성장함에 따라 눌려 찌부러져서 종이 모양으로 납작해져
죽은 태아 : 역자주)라는 대상을 단지 다른 아름다운 말

로 바꾼 것에 불과합니다."

노리미즈는 금세라도 울음을 터뜨릴 듯한 시카코의 얼굴을 바라보면서 조용히 말했다.

노리미즈: "미키에 씨가 임신한 것은 쌍태아(双胎児)였습니다. 그런데 허약한 쌍태아는 한쪽이 죽으면 남은 쪽이 건강하게 크게 되는데요. 미키에 씨의 태아도 딱 그 상태였다고 보시면 됩니다. 즉 한쪽이 희생되었다는 사실을, 같은 시대에 인쇄기계를 발명하여 성서를 만들었지만 구텐베르크의 광휘로 인해 공교롭게도 어둠 속에 매장당하고 만 코스터에 비유했던 것입니다. 그러니까 여러분, 가네쓰네 박사와 가와타케 의학사의 생명을 끊은 것은 실로 이 하나의 비유에 지나지 않았던 것입니다."

II
후광 살인사건

後光殺人事件

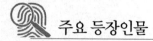

- **노리미즈 린타로**(法水麟太郎)

  전 수사국장으로 목하 일류 형사이자 변호사인 그는 하제쿠라 검사의 연락을 받고 사건 조사에 착수한다.

- **하제쿠라**(支倉)

  검사. 사건 해결을 위해 노리미즈를 불러낸다.

- **구마시로 다쿠키치**(熊城卓吉)

  수사국장.

- **시즈쿠이시 다카무라**(雫石喬村)

  고라쿠지(劫楽寺) 이웃에 사는 노리미즈의 친구.

- **다이류**(胎龍)

  본 사건의 피해자로 본명은 노스 다이류(鴻巣胎龍). 후겐산(普賢山) 고라쿠지(劫楽寺)의 주지이며 당우에서 괴기한 변사를 맞는다. 수개월 전 당우에서 일어난 천인상에 후광이 걸린다는 기적을 본 후 밤마다 약사당에서 근행을 하는 등의 이행을 거듭함.

- **야나에**(柳江)

  다이류(胎龍)의 후처.

■ **구리야가와 사쿠오**(厨川朔郎)

절의 동거인으로 24, 5세의 서양화 학생. 흉기로 보이는 조각용 끌이 방에서 발견되어 용의자로 지목된다. 수개월 전 후광의 기적을 보았다고 함.

■ **구타치**(空鬪)

50세 정도의 승려. 노리미즈 등에게 본 사건에는 속인에게는 보이지 않는 신비가 숨어 있다고 말함.

■ **지초**(慈昶)

승려. 사쿠오(朔郎)와 함께 수개월 전에 후광의 기적을 보았다고 함.

■ **나미가이 규하치**(浪貝久八)

극심한 신경통을 약사여래 신앙으로 치유되었다고 굳게 믿음. 그후 광신도가 되어 사건 수개월 전부터 교외의 정신병원에서 지낸다고 함.

II

후광 살인사건
後光殺人事件

1. 합장하는 시신

전 수사국장으로 목하 일류 형사이자 변호사인 노리미즈 린타로(法水麟太郎)는 '부름을 받은 정령(精靈: 죽은 사람의 영혼 : 역자주)이 떠나는 날에 왜 새로운 정령이 떠났는지'를 밝혀야만 했다. 그 이유는, 7월 16일 아침 후겐산(普賢山) 고라쿠지(劫楽寺)의 주직(住職, 주주)인, 라기보다 화필을 버린 가타야마(堅山) 화백이라고 부르는 쪽이 더 어울리겠지만, 그 고노스 다이류(鴻巣胎龍) 씨가 변사했다는 내용을 하제쿠라(支倉) 검사에게 전화로 전해 들었기 때문이다. 그러나 고라쿠지(劫樂寺)는 그에게 전혀 미지의 장소는 아니었다. 노리미즈의 친구로 다이류(胎龍)와 함께 도쿠사(木賊) 파(波)의 쌍벽이라고 불리던 시즈쿠이시 다카무라(雫石喬村)의 집이 고라쿠지와 담 한 장 사이의 이웃에 있었는데, 그 집 2층에서는 2개의 큰 연못이 있는 풍경을 내려다볼 수 있었다. 거기에는 조원(造園) 기교가 없다고 여겨질 만큼 왠지 시골티가 나는 아취(雅致)가 있었다.

고이시카와 시미즈다니(小石川淸水谷)의 비탈길을 내려오면 왼쪽에 떡갈나무와 개암나무의 거목이 울창하게 우거져 있는데, 그곳의 높은 건물이 바로 고라쿠지이다. 주위는 벚꽃 제방과 한 길 남짓한 겐닌지가키(建仁寺垣; 쪼갠 대의 겉이 밖을 향하도록 한 대바자울 : 역자주)로 둘러싸여 있고 본당 뒤편에는 이 절의 이름을 드높인 약사당(藥師堂; 약사유리광여래(藥師瑠璃光如來)를 안치한 당 : 역자주)이 있다. 다이류(胎龍)의 시신이 발견된 곳은 약사당의 배경을 이루는 삼나무 숲으로 둘러싸인 황폐해진 당우(堂宇; 정당(正堂)과 옥우(屋宇)의 의미로 규모가 큰 집과 작은 집 : 역자주) 안이었다.

석 자 네 방이나 되는 큰 포석(舖石; 납작한 돌 : 역자주)이 본당의 옆쪽으로부터 시작되어 약사당이 만자(卍字) 모양으로 구부러진 모양으로 현장에까지 이어져 있었다. 본당은 네 평 정도의 넓이로 겐파쿠도(玄白堂)라고 하는 전액(篆額; 한자 전자(篆字)로 쓴 비갈(碑碣)이나 현판의 제액(題額) : 역자주)이 걸려 있었는데, 본당이라는 것은 이름뿐으로 내부에는 마루도 없고 입구에도 그 흔한 격자조차 보이지 않았다. 그리고 나머지 세 방향은 두꺼운 6푼짜리 널빤지로 연결되어 있었고, 그것을 두 개의 큰 연못을 잇는 연못 도랑이 말굽 모양으로 둘러싸고 있었다. 본당 주변을 설명하자면, 연못 도랑은 오른쪽 연못 보에서 시작되어 본당의 뒤쪽을 지나 말굽 모양의 좌변에 걸치는 부근까지가 양 기슭이 응회암(凝灰岩)으로 만들어진 제방이었다. 수목은 본당 주위에는 없지만, 앞쪽으로 엇갈린 삼나무의 큰 가지가 해를 가리고 있어서 이른 아침 아주 짧은 시간밖에 해가 비치지 않아 주위는 이끼와 습기를 머금은 깊은 산의 흙냄새로 가득했다.

가는 모래와 자갈을 전면에 깐 본당의 내부에는 거미집과 그을림이 종유석처럼 드리워져 있었고, 안쪽의 어두운 곳에는 다갈색이 거의 벗겨진 기예천(伎藝天; 불교를 수호하는 천부

의 하나 : 역자주) 등신상이, 그것도 그 하얀 얼굴만이 섬뜩한 생생함으로 도드라져 있었다. 게다가 돌담에 있는 큰 돌이 천인상(天人像) 근처에 하나 쓰러져 있는 곳은, 흡사 난보쿠 물(南北物)의 도가키(ト書; 각본에서 배우의 동작 등을 지시하는 부분 : 역자주)라고도 말할 수 있는데, 거기에는 뭐라 표현할 수 없는 귀기(鬼氣)가 느껴졌다.

노리미즈의 얼굴을 보자 하제쿠라(支倉) 검사는 반갑게 목례를 했고, 그 배후에서 야성적인 소리를 지르며 수사국장 구마시로 다쿠키치(熊城卓吉)가 땅딸막한 단구를 앞으로 쑥 내밀며 다가왔다.

구마시로: "괜찮나? 노리미즈 군. 이게 발견 당시 그대로의 정황이야. 내가 일부러 자네를 부른 이유를 알겠지?"

노리미즈는 애써 냉정함을 유지하려 했지만 도저히 마음속의 동요까지는 가릴 수가 없었다. 그는 몹시 신경질적인 손놀림으로 시신을 만지기 시작했다. 시신은 이미 차가워져서 완전히 경직되어 있었는데 그 형상은 마치 괴기파의 공상화와 흡사했다. 큰 돌에 등을 기대고 양손에 염주를 들고 합장한 채 침통한 표정으로 안쪽의 천인상(天人像)을 향해 정좌하고 있는 모습이었는데, 나이는 55, 6세 정도로 왼쪽 눈은 실명한 상태였고 오른쪽 눈만 부릅뜨고 있다. 등(燈)의 심지만 한 신장은 기껏해야 다섯 자 될까 말까였고, 흰 버선을 신고 자란(紫蘭) 가사를 걸친 모습에는 부정할 수 없는 관록이 묻어 있었다. 칼 상처는 두정골(頭頂骨)과 전두골(前頭骨)의 봉합 부분에 나 있었다. 둥근 끌 형태에 찔린 상처였는데, 그것이 몹시 튀어나온 상태였고 머리 부분의 거의 정중앙 부근에 나 있었다. 찔린 상처를 중심으로 가는 빨간 선이 그어져 있었고 거미줄 같이 갈라진 금이 봉합 부분에 물결치듯 나 있었는데 모두가 좌우의 설상골(楔狀骨)에까지 이어졌다. 그리고 유혈이 부어오른 주위에 부착되어 있었고 화산 모양으로 부풀어 올라 있어 응결된 곳이 마치 버찌를 얹은 아이스크림을 연상케 했는데 그 밖에 외상은 물론 혈흔 하나도 보이지 않았다. 그뿐만 아니라 입고 있는 옷도 깨끗한 상태였고 주름이나 옷매무새도 가지런한 상태였다. 소량의 진흙이 땅에 닿은 부분에만 묻어 있었는데 그것도 극히 자연스러운 모양이었으며, 본당 안에는 격투한 흔적은커녕 지문이나 그 밖의 어떤 흔적도 남아 있지 않았다.

구마시로: "어떤가? 이 시신, 정말 멋진 하나의 조각 같지 않나?"

구마시로가 오히려 도전적인 어조로 말했다.

구마시로: "도통 이해할 수 없는 것투성이군. 이것은 딱 자네
취향인 것 같은데."

노리미즈: "딱히 놀랄 일도 아니잖나. 새로운 유파의 그림이
라는 것은 하여튼 이런 것이란 말이지."

노리미즈는 반박하며 허리를 쭉 펴며 중얼거린다.

노리미즈: "하지만 묘한 일이군. 이 천인상(天人像)의 오른쪽
눈만 실명한 상태란 말이야. 게다가 천인상(天人像)에
만 먼지가 묻어 있지 않은 것은 무얼 나타내는 걸까?"

구마시로: "그것은 피해자인 다이류(胎龍)만이 이 본당에 자
주 출입했다고 하니 아마 그 주변에 틀림없이 원인이
있을 거야. 그리고 오늘 아침 8시에 검시했는데 사후
10시간에서 12시간이라는 감정이 나왔다더군. 그런
데 상처 속에 날개미 두 마리가 말려 들어가 있는 것
을 보면, 숨이 끊어진 것은 8시에서 9시 사이라고 말

할 수 있겠지. 어젯밤에는 그 무렵 날개미가 맹렬하게 날아다녔다고 하더라고."

노리미즈: "그렇다면 흉기는?"

구마시로: "그것을 아직 찾지 못했어. 그리고 비가 오지 않을 때 신는 굽 낮은 왜나막신은 피해자가 신고 있었다던데."

본당의 오른쪽 끝에 있는 포석에는 눈이 오는 날 그곳과 큰 돌 사이를 왕복할 때 신는 신발 자국이 있었고 그 오른쪽으로 기울어진 곳에는 'ヽ'가 큰 돌 쪽까지 이어져 있었다. 눈이 올 때 신는 신발은 그곳에 버려져 있었다. 그사이 검사는 비가 오지 않을 때 신는 굽 낮은 왜나막신의 톱니 모양의 흔적의 크기를 재고 있었다.

하제쿠라: "아무래도 체중에 비해 홈이 깊은 것 같은데."

노리미즈: "그것은 어둠 속을 걸었기 때문일 거야. 밝은 곳에 서와는 달리 체중을 싣기 쉬우니까."

노리미즈는 하제쿠라 검사의 의문에 대답한 후 무엇을 생각했는지 줄자를 발자국 부근에서 세로 방향으로 대었는데 그것이 데굴데굴 왼쪽으로 굴러 내려가고 말았다. 그는 그것을 말없이 바라다보고 있더니 이윽고 구마시로에게 물었다.

노리미즈: "자네 살인이 도대체 어디에서 이루어졌을 거라 생각하나?"

구마시로: "그건 뻔한 거 아닌가?"

구마시로는 노리미즈의 이상한 행동에 이어 기이한 질문에 눈을 크게 끔벅였다.

구마시로: "아무튼 보시다시피 피해자는 비가 오지 않을 때 신는 굽 낮은 왜나막신을 벗고 큰 돌에 올라갔다가 살포시 땅에 내려왔어. 그리고 눈이 올 때 신는 신발을 신은 범인이 뒤에서 끔찍한 살인을 저지른 거야. 하지만 시신의 형상을 보면, 물론 거기에는 전대미문의 메커니즘이 숨겨져 있을 것이라는 생각이 들지만 말이지."

하제쿠라: "메커니즘?!"

하제쿠라 검사는 구마시로답지 않은 용어에 미소지으며,

"음, 분명 뭔가 있는 것은 확실한데 말이지."라고 끄덕이며 말을 이었다.

하제쿠라: "그 중 하나는 시신의 합장이야. 저것을 보면 사후 경직이 일어날 때까지의 시간에 범인은 상당히 복잡한 행동을 한 것이라 봐야 하겠지만 그런 흔적은 어디에도 찾아볼 수 없단 말이지, 거 참."

그 말에 노리미즈는 딱히 의견을 내지는 않았지만, 다시 한번 시신을 내려다보고는 머리에 줄자를 갖다 댔다.

노리미즈: "구마시로 군, 모자의 치수가 8인치에 가까우니 머리가 큰 편이라 말할 수 있겠군. 65센티미터나 돼. 물론 바로 도움은 안 되지만 여하튼 숫자라는 것은 추론의 한계를 뛰어넘게 해 주는 경우가 있으니까."

구마시로: "그럴지도 모르지."

구마시로는 어쩐 일인지 순순히 맞장구를 쳤다.

구마시로: "다른 곳도 많은데 하필이면 머리 꼭대기에 구멍을 내고, 그런데도 저항하거나 괴로워한 모습이 없다니

참. 그런데 이런 도무지 알 수 없는 것뿐인 사건에는 어쩌면 정말 하찮은 곳에 해결책이 있을지도 몰라. 그건 그렇고, 자네는 범행 수법상의 어떤 특징 같은 것을 발견했나?"

노리미즈: "이거 하나만은 확실해. 예리한 끌 모양의 흉기 같은데. 그것도 세게 내리친 것도 아니고 비교적 무르고 약한 봉합 부분을 노려, 송곳을 두 손으로 비벼서 구멍을 뚫는 것처럼 억지로 밀어 넣었다는 사실뿐이야. 그런데 그것이 보시는 바와 같이 즉사와 같은 효과를 내었단 말이지."

의외의 단정에 두 사람은 자기도 모르게 아! 하고 소리쳤지만, 노리미즈는 미소를 지으며 부연했다.

노리미즈: "그 증거로서 예리한 무기로 세게 때린 경우라면 주위에 작은 조각의 골절이 생기고, 상처 부위가 상당히 불규칙한 선으로 나타나기 마련이지. 그런데 이 시신에는 그것이 없어. 그뿐만 아니라 실 같이 균열된 선이 설상골(楔狀骨)에까지 이어져 있는 것과 상처

부위가 거의 정확히 원을 이루고 있는 것을 봐도 이 자상(刺傷, 찔린 상처)이 순간적인 타격에 의한 것이 아니라 상당 시간 동안 천천히 밀어 넣어 생긴 것이라는 것을 알 수 있어. 그리고 두 개의 봉합선을 노린다는 매우 고난도의 시도를 해냈다는 것도 일단은 주목할 만한 일이라고 생각해."

하제쿠라: "그렇다면 더더욱 고통의 표출이 있어야만 하지 않을까?"

검사는 마른침을 삼키며 노리미즈의 말을 기다렸는데, 그때 마치 다른 사람인 듯한 목소리로 구마시로가 가로막았다.

구마시로: "그건 그렇고, 자네에게 마지막 보고를 해 두고 싶은데……."

그는 놀랄만한 두 명의 다이류에 관한 사실을 털어놓았다.

구마시로: "믿을지 안 믿을지는 자네의 판단에 맡기기로 하고. 실은 부인 야나에(柳江)가 어젯밤 10시경에 약사당(藥師堂) 안에서 기도하고 있는 다이류의 뒷모습을

보았다고 하더라고……."

노리미즈: "그러면, 그 봤다는 것이 시신인지, 범인이 가장하여 만든 것이지, 그렇지 않으면 기적이 생겨 피해자가 그때까지 살아 있었던 건지……"

노리미즈는 잠시 화려한 단풍나무의 우듬지를 노려보더니, 그다지 믿을 수 없다는 듯 문득 화제를 돌려 구마시로에게 물었다.

노리미즈: "어젯밤 일을 자세히 들려주겠나?"

구마시로: "그것은 밤 8시경에 피해자가 약사당(藥師堂)에 들어가 호마의 수법(修法)을 수행했다는 것을 시작으로 그대로 본당에 돌아오지 않은 채 오늘 아침 6시 반쯤 불목하니(절에서 잡일하는 남자) 나미가이 규하치(浪貝久八)가 이 약사당 안에서 시신을 발견한 일이야. 경내는 매달 4(四)가 있는 날(4일·14일·24일)인 약사여래의 잿날 이외에는 개방되지 않지. 겐닌지가키(建仁寺垣, 쪼갠 대의 겉이 밖을 향하도록 한 대바자울) 안쪽에도 뛰어넘은 듯한 발자국 같은 건 없었고. 주위에 있는 집을

조사해 봐도 수상한 소리나 큰 비명 소리 같은 건 전혀 듣지 못했다고 하고. 또 다이류라는 인물은 와카(和歌; 일본 고유 형식의 시로 특히, 단카[短歌]; 5·7·5·7·7의 5구 31음의 단시를 말한다 : 역자주)와 종교 관계에 관한 일 이외에는 교류가 거의 없는 사람이라 외부의 원한 같은 것은 전혀 상상할 수 없을 뿐만 아니라, 최근 세 달간은 외출도 하지 않고 다른 사람들과의 접촉이 일절 없었다 하더라고. 그게 아니라도 '범인이 절 안에 있다는 주장'을 유력하게 증명하고 있는 것은 이 셋타(雪駄; 눈이 올 때 신는 신발 : 역자주)가 피해자의 소지품이라는 거야."

그 후 구마시로가 과장스레 헛기침을 하고는 말한다.

구마시로: "그러니까 노리미즈 군, 언뜻 생각했을 때는 우리가 이 곡예적(아크로바틱)인 살인 기교에 완전히 정복당하고 있는 것처럼 보이겠지만, 그 실질적인 내용은 기껏해야 5에서 4를 빼는 정도의 단순한 계수(計數) 문제에 불과하다는 말이야."

노리미즈가 진지한 태도로 들으며 말했다.

노리미즈: "물론 범인은 절 안에 있어. 그런데 자네, 지금 다
　　　　이류가 세 달 정도를 아무도 안 만났다고 했지?"

　노리미즈는 짐짓 그럴듯한 모습으로, 마치 꿈을 꾸는 듯
시선을 허공으로 돌렸다.

노리미즈: "그렇다면 역시 그건가? 아니, 절대로 다른 건 있
　　　　을 리가 없어."

구마시로: "뭔가 생각났어?"

노리미즈: "별 것은 아닌데. 내가 지리 역사학자는 아니지만,
　　　　뼛조각 하나를 발견했거든. 그것으로 골격의 전모를
　　　　상상할 수 있다는 말이지."

구마시로: "흠! 그렇다면."

노리미즈: "그렇다고 지문과 같이 직접적인 범인의 특징을
　　　　지적할 수 있는 것은 아니라서. 지금 말한 대로 시신
　　　　의 수수께끼를 관통하고 있는 무시무시한 저류(低流),

다시 말해 살인 기교의 순수 이론 말인데, 그 궤도 이
외에는 그 변종이 절대로 피지 않는다는 것을 기억해
주었으면 좋겠어."

하제쿠라: "농담하지 마."

검사는 놀라서 눈을 똥그랗게 떴다.

하제쿠라: "우리의 발견은 결국 한계가 있어. 그리고 유혈 형
태 하나만으로는 흉기 추정이 곤란하다는 말이야. 하
지만 그것보다 상처가 생긴 원인이 자네 주장대로라
면 당연히 그 시신에 경악이나 공포, 고통 등의 표출
이 나타나 있어야만 하는데 말이지……."

노리미즈는 하제쿠라 검사를 지그시 되돌아보고, 시신의
안면을 손으로 가리켰다.

노리미즈: "그 해답은 이거야. 즉 한 개의 유맥선(流脈線)[12]이
라는 건데. 시신의 수수께끼가 각자에게 분열된 것이

---

12) 유맥선(流脈線) : 공간에 고정된 한 점을 통과하는 모든 유체 입자가 어떤
순간 흐르는 장소에 그리는 곡선. 실험에서는 동일점에서 주입된 연기
또는 색소 용액이 그리는 곡선은 유맥선(流脈線)이다. 유선(流線).

아니라는 느낌은 들었지만, 지금까지 거기에 막연한 관념밖에 가지지 못했던 거야. 그런데 그런 이해 불가능한 현상의 상징이라고도 말할 수 있는 것이 있는데, 안면에 그 형체화된 것이 나타나 있을 거라구. 어때? 이 표정은 성화(聖畵) 등에서 볼 수 있는 순교자 특유의 표정이 아닐까? 몇 해 전 외유 중에 시스티나 성당(Cappella Sistina)[13]의 그림엽서를 보내준 자네야말로 가장 먼저 미켈란젤로의 벽화 『최후의 심판』에서 뭔가를 생각해내야만 한다고. 있잖아, 절망과 법열(法悅, 황홀한 기분)? 틀림없이 비장한 황홀한 상태라고 말할 수 있지 않을까? 그리고 그 다음에 내 가설이론이 출발하는 거라고."

하제쿠라: "듣고 보니 그렇군."

검사는 자기도 모르게 무릎을 쳤다.

구마시로: "그러면 최면술인가?"

---

13) 시스티나성당(Cappella Sistina) : 바티칸 궁전에 있는 성당으로 1473년–1481년 교황 식스토 4세에 의해 창건. 미켈란젤로의 「최후의 심판」 이외에 뛰어난 벽화와 천장화가 있다.

구마시로도 엉겁결에 빨려 들어간 듯 큰 소리로 외쳤다.

노리미즈: "아니, 최면술은 아니야. 그 이유는 다이류가 세
달이나 사람을 만나지 않은 것으로도 알 수 있어. 당
사자가 알지 못하면서 시술할 수 있는 최면술사는 아
마 절 안에는 없을 거야. 물론 수개월 전에 최면을 걸
어 둔 후에, 그때 최면 현상이 나타나게 한 것이 아닌
가 하는 걱정이 들기는 하지만, 거기에는 다이류에게
풍부한 최면 경력이 있어야 하거든."

노리미즈는 먼저 구마시로의 의문을 자세히 풀어준 후에
그의 주장을 이야기하기 시작했다.

노리미즈: "그런데 내 가설(이론)이라는 것은 지극히 단순한
관찰에서 출발한 거야. 모르긴 몰라도 자네들이 이
시신을 본 순간에 뭔가 스쳐 지나간 것이 있었을 거
야. 이 이해할 수 없는, 무저항, 무고통을 나타내기
위해서는 육체를 죽이기 전에 먼저 다이류의 정신을
죽여야 한다고 생각하지 않았을까? 하지만 그런 초
의식상태로 만들어내기란 도저히 단순한 수단으로는

불가능한 일이야. 먼저 레토르트(화학 실험용 기구의 하나)나 역학 중에도……, 물론 뇌에 부검 상의 변화를 일으키게 하는 방법 같은 것이 절대로 있을 수 없다는 것은 아니야. 그렇다면 마지막으로 생각할 수 있는 것 하나는 심인성(心因性) 정신 장애를 발병시키는 프로세스라는 건데. 뭐, 뜬구름 잡는 소리라며 비웃지는 말게나. 조금만 생각해 보면 알 수 있는 일이니까. 그런데 그 거세 방법이 말이지……, 거기에 꽹장히 복잡한 조직이 필요한 것은 다이류의 정신 작용을 서서히 변형시킨 후에 마지막으로 남은 부분을 흉기 구조와 똑같이 부합시켜야 하기 때문이야. 즉 그 프로세서가 자네가 말하는 메커니즘이고, 그 결론이 내가 말한 비장한 황홀감이란 말이지. 그리고 긴 노정과 시간을 다 쓴 후에야 비로소 범인의 미증유의 의도가 성공한 셈이 되는 것이지. 필시 그사이 신기한 형태의 톱니바퀴가 맞물린다거나 팽이 같은 피스톤이 움직인다거나 하는 일이겠지만……. 그 후에 만들어진 초의식이 마지막 톱니바퀴와 맞물려서 공포 장치를 회전시켰을 뿐만 아니라, 더 나아가 흉기가 내려오는 것을 보고도 범행 직전의 상태를 중단시키지 못했던 거야. 어때? 구마시로 군, 자네는 이 이론을 이해하겠나? 즉 이 사건을 풀 열쇠라는 것이 두 개의 장치를 연결시키는 톱니바퀴 구조에 있다는 이야기이지만. 그리고 그 안에 우리가 상상조차 할 수 없는 불가사의한 흉기가 숨겨져 있다는 셈이지."

그렇게 말을 마치고는 갑자기 힘없이 한숨을 쉬었다.

노리미즈: "하지만 거기에서 문제가 되는 것은 죽음과 동시에 '과연 경직이 발생했을까'라는 점이야. 하제쿠라(支倉) 군은 '경직 전에 범인의 손이 가해진 것이 아닐까'라고 말했지만 내게는 경직이 동시에 이루어지지 않았다면 시신의 합장을 설명할 방법이 전혀 없다는 생각이 들거든."

구마시로는 회삽(晦澁: 난해)한 안개 같은 것에 충격을 받아 침묵한 듯했고, 하제쿠라 검사는 회의적으로 응시하며 말했다.

하제쿠라: "그래서 나는 그것이 궁금한 거야. 저기를 봐! 천

인상(天人像)의 머리에서 오른쪽 비스듬하게 위로 5치 정도 되는 곳과, 좌우 판자벽 두 개에, 그것을 직선으로 이으면 딱 시신의 목덜미 부근서 연결되는데, 옹이구멍이 세 개 있는 것 보이나? 처음부터 만들려고 한 것은 아니겠지만, 저런 곳을 보고 몹시 단순한 짜임새로, 하지만 효과가 뛰어난, 뭔가 이완정형장치(弛緩整形裝置)라고도 할 수 있는 것을 범인은 고안해 낸 것이 아닐까? 물론 현재로서는 공상에 지나지 않지만 만일 경직이 바로 일어나지 않았다고 한다면 그런 것을 절대로 간과해서는 안 될 것 같아."

노리미즈: "음, 나도 아까부터 그런 생각이 들었어. 게다가 모든 구멍 앞의 거미줄이 끊어져 있었다는 말이지."

노리미즈는 다소 당혹스러운 기색을 보이며 말했지만, 그 얼굴을 휙 구마시로에게 돌리고는 이렇게 말했다.

노리미즈: "관계자 심문 후에 뭔가 수확이 있었나?"

구마시로: "그런데 말이야, 동기 같은 것을 가진 인물이 한 사람도 없다는 거야. 그 대신 모두가 한눈에 강렬한

인상이 느껴지는, 마치 가면무도회 같다면 이상하려나? 그런데 그런 사람들이 신경정신과 환자의 행렬이 아니라 정말 연극을 하고 있는 것이라면? 자네도 그 복잡함은 도저히 다 읽어낼 수는 없겠지만, 여하튼 심문해 보게나. 지금 막 이 상처 부위에 딱 맞는 조각용 끌이 동거인인 구리야가와 사쿠오(厨川朔郎)라는 서양화 학생 방에서 발견되었거든."

일동은 본당으로 향했다. 도중에 역청색(瀝青色; 새카만 색 : 역자주)을 한 큰 연못 저편으로, 뒤쪽의 시즈쿠이시(雫石) 집안의 2층 그림자가 거꾸로 비치고 있었다. 본당의 왼쪽 끝에 있는 격자문을 열자 4평 남짓의 봉당에서 검고 윤이 나는 마루가 이어져 있었다. 다음으로 음침한 다실을 지나, (건물과 건물의 주위 두 방향 이상으로 두른) 툇마루로부터 두 건물을 잇는 복도로 연결된 곳이 구리야가와 사쿠오의 방이다.

그러나 그곳과는 어울리지 않는 커다란 괘종시계와 화포(画布)(캔버스), 서양화 도구 이외에, 장서와 뚜껑 경첩이 망가진 포터블(휴대용 축음기)이 있을 뿐으로, 사쿠오는 이 방의 수색을 위해 야나에(柳江)의 서재로 건너가 있었다. 야나에의 서재는 다실에서 툇마루로 나오지 않고 왼쪽으로 돌아 복도를 조금 따라간 곳에 막다른 방에 하나 있었는데, 그 담 맞은편은 불목하니 나미가이 규하치(浪貝久八)의 부엌으로 사용되고 있었고 사쿠오의 방과는 좁은 뜰을 사이에 두고 나란히 늘어선 모양을 하고 있었다. 또 그 복도는 툇마루가 되는 모퉁이에서 몇 개의 방 사이를 관통하여 이어져 있었는데 본당의 승려 출입구에서 막혀 있었다. 즉 그 어느 방에서라도 직접 복도를 통해 올 수 있었던 것인데, 어제부터 몹시 기온이 낮아서 장지문 사이는 한겨울처럼 빈틈이 없었다.

형사 두 명 사이에서 화실(아틀리에) 옷을 입은 청년이 묵묵히 담배를 피우고 있었다. 그 사람이 구리야가와 사쿠오였다. 24, 5세 정도로 미술학생다운 머리모양의 가지런한 귀족풍 용모의 청년이었는데, 어깨 아래로는 광부라고도 착각할 수 있을 정도로 울퉁불퉁 불거진 근육선을 엿볼 수 있었다.

그는 노리미즈를 보자 환하게 미소를 지으며,

구리야가와: "정말 큰 도움이 되었습니다. 실은 노리미즈 씨를 애타게 기다리고 있던 참이었어요. 참으로 구마시

로 씨의 터무니없는 추정을 참을 수가 없습니다. 끌이 한 개 발견된 정도의 일과 내 방 창밖에 있는 (부엌 출입구로 통하는) 나무 쪽문을 통해 약사당 앞으로 직접 나갔다는 정도의 일로 저를 범인으로 가정하고 있으니 말이죠. 게다가 끌이라는 말을 듣고 찾아보았더니 여분으로 가지고 있던 한 개가 어느샌가 없어졌더라구요. 하지만 그 사실을 아무리 얘기해도 제 말을 전혀 믿어 주지 않았어요. 그럼 어젯밤 행동에 대해 말씀드릴까요? 음……, 4시에 학교에서 돌아와서 방에서 고갱(Gauguin; 프랑스의 후기 인상파 화가 : 역자주)의 전기를 읽고 있었는데 7시에 저녁 식사로 불려갔어요. 그리고 9시경에 곤약염마(蒟蒻閻魔)[14] 잿날 행사에 나갔다가 10시 지나 집에 돌아왔어요."

라는 취지의 내용을 요령 있게 늘어놓았다. 그 당당한 화술과 용의자라고는 생각되지 않는 명랑한 모습은 그곳에 있

---

14) 곤약염마(蒟蒻閻魔) : 도쿄(東京) 도(都) 분쿄(文京) 구(区) 고이시카와(小石川)에 있는 정토종 사원인 겐카쿠지(源覚寺) 경내에 있는 염마당(閻魔堂). 또는 이 사찰의 통칭. 눈병 치료에 효험이 있다고 전해지며 곤약을 바쳤기 때문에 이런 이름이 붙었다.

던 일동의 간담을 서늘하게 만들었다.

그사이 노리미즈는 이 방에 있는 기이한 장식을 바라다보
고 있었다. 방금 들어왔던 널문 위에 있는 중인방에는 쓰치
구모(土蜘蛛)[15]로 분장한 바이코(梅幸)의 커다란 하고이타(羽
子板; 제기 같은 것을 쳐올리고 받고 하는 나무 채 : 역자주)가 걸려 있
고, 그 위쪽에 걸려 있는 오시에(押繪)[16] 오른쪽에 10개 정도
의 은빛 거미줄이 비스듬하게 부채꼴 모양으로 퍼져 있었는
데, 그 끝은 옆쪽의 둥근 괘종시계 아래에 있는 격자창 끝에
연결되어 있었다.

노리미즈: "하하, 쇠바퀴 인력거가 있던 시대의 정취군."

노리미즈가 처음으로 사쿠오에게 말을 걸었다.

구리야가와: "네, 부인은 고풍스러운 큰 상점의 안주인 타입

---

15) 쓰치구모(土蜘蛛) : 요쿄쿠(謠曲). 중으로 둔갑한 땅거미가 병중의 미나모토
　　요리미쓰(源賴光)를 습격하는데 칼에 찔려 모습을 감춘다.

16) 오시에(押繪) : 화조·인물 등의 모양의 판지를 여러 가지 색깔의 헝겊으로
　　싸고, 그 안에 솜을 넣어 높낮이를 나타나게 하여, 널반지 따위에 붙인 것.

의 사람이었으니까요. 게다가 작년 세밑에 제가 부탁
받아서 만들었는데 거미줄은 진짜 소도구이에요."

노리미즈: "그러면 자네는 배경 그리는 것을 하고 있나?"

그렇게 말하고 노리미즈가 끝에 있던 한 개를 집어 올렸
는데 그것은 종이 심에 은종이를 씌운 부드러운 끈이었다.

그때 창밖에서 '댕' 하고 영시 반을 알리는 낮은 소리가 한
번 들려왔다. 그것은 사쿠오 방과는 어울리지 않는 호화스
러운 큰 시계로 작년에 고국으로 돌아간 미술 학교 교수 주
베 씨가 남기고 간 물건이었다. 그러나 정확한 시각은 격자
창 위에 있는 시계가 가리키는 0시 32분이었고 그 시계에
는 반을 알리는 장치는 없었다.

사쿠오는 다이류 부부 사이가 그리 좋지 않았던 것을 낱
낱이 언급해 가면서 부인인 야나에를 심히 매도한 후에, 마
지막에 굉장히 흥미 있는 사실을 말하기 시작했다.

구리야가와: "그런 식으로 올해 들어와서 주지 생활은 정말
보기에도 가엾을 정도로 외로워 보였습니다. 이번 3

월쯤이었나? 때때로 실신한 것처럼 들고 있던 것을 떨어뜨리거나 잠시 망연자실한 듯 가만히 있었던 일도 있었고, 그 무렵에 묘한 꿈만 꾼다며 제게 이렇게 이야기한 적이 있었어요. 잘은 모르지만 자기 몸 안에서 난쟁이같이 생긴 자신이 빠져나와서는 지초(慈初) 군의 여드름을 하나하나 열심히 짜낸다는 거예요. 그리고 전부 짜내면 얼굴 피부를 벗기고 소중하게 품속에 넣어두었다고 하더라고요. 그런데 그 무렵부터 이 절에 징조라고도 할만한 분위기가 점점 짙어갔는데요. 그러니까 이번 사건도 그 때문에 생긴 당연한 자괴(自壞: 외부의 힘에 의하지 않고 저절로 무너지는 것 : 역자 주) 작용이라고 저는 믿고 있어요. 노리미즈 씨, 그 분위기는 곧 조금씩 알게 되겠지만 말이죠."

2. 1인 2역 - 다이류인가, 그렇지 않으면

사쿠오를 보낸 후 계속해서 야나에(柳江)와 절에서 시주를 받거나 회계를 맡아 보는 구타치(空闥)와 지초(慈初) 승려, 불목하니 규하치(久八)의 순서로 심문하게 되었다. 색이 바랜 유단(油單; 기름에 결은, 두껍고 질긴 큰 종이 : 역자주)으로 덮은 6자나 되는 금(琴)이 비스듬히 세워져 있는 도코노마(床間)[17]에서 괄태충(민달팽이)이라도 나올 듯한 썩은 나무 냄새가 난다. 그것이 사쿠오의 말에 묘한 연상을 불러일으켰다.

노리미즈: "구리야가와 사쿠오(厨川朔郎)라는 남자에게는 범인으로서, 또 훌륭한 배우로서도 타고난 자질이 있어. 하지만 뒤가 켕기는 데가 없는 인간이라는 것은 사소한 장난기에서 무의식중에라도 연극을 하고 싶어지는 법인데 말이야. 게다가……."

하제쿠라: "아니, 그 남자는 뭔가 알고 있는 게 분명해."

---

17) 도코노마(床間) : 일본식 객실 상좌에 바닥을 한층 높게 만든 곳을 말하는데 벽에는 족자를 걸고, 바닥에는 꽃이나 장식물을 꾸며 놓는다.

하제쿠라 검사는 그렇게 말하며 노리미즈의 말을 막았지만, 노리미즈는 대수롭지 않다는 듯 끄덕일 뿐 정(강철 끌)을 보여주며 이렇게 말했다.

노리미즈: "있잖아, 구마시로 군! 이것은 흉기의 일부일 수도 있겠지만 전부가 아닌 것만은 분명해. 그렇다고 흉기가 어떤 것인지는 나도 전혀 감이 잡히지는 않지만 말이지."

그리고 그는 미닫이 창문을 열고 쓰치구모(土蜘蛛)의 오시에(押繪)를 이리저리 빛에 비추며 바라보았다. 그러고는 갑자기 등을 쭉 펴며 오른쪽 눈을 휘둥그레 뜨는 것이었다.

노리미즈: "허허. 엄청 사치스러운 것이군. 운모(雲母: 광업 화강암 가운데 많이 들어 있는 규산염 광물의 하나 : 역자주)를 사용하다니. 그런데 왼쪽 눈에는 이것이 없군. 봐봐. 빛나지 않지?"

노리미즈가 그렇게 말했을 때, 조용히 널문이 열리는 소리가 났다. 그것은 다이류의 처 야나에였다.

야나에는 과거에 이름을 날렸던 여류 와카(和歌) 시인으로 첫 남편인 범어(梵語, 산스크리트어) 학자 구와나베 라이키치(鍬辺来吉) 씨와 사별한 후 다이류와 재혼하였다. 공미리(동물, 학꽁칫과의 바닷물고기) 같은 아름다운 수족과 몸매, 그것을 교묘하게 감춘 검정 일색의 복장 속에 하얀 얼굴과 장식용 깃(여성의 옷 위에 덧대는)이 이를 더욱 또렷하고 도드라지게 만들었는데, 그것은 40대 여자의 정렬과 가면의 차가운 이지를 느끼게 했다. 대화는 중성적이었고 피해자의 가족 특유의 동정을 강요하는 그런 태도는 없었다. 오히려 밉살스러울 정도로 냉정함을 유지하고 있다. 노리미즈는 정중하게 조의를 표하고 나서 먼저 어젯밤 동정에 관해 질문했다.

야나에: "예. 오후부터 죽 거실에 있었어요. 아마 7시 반경이었을 거예요. 남편이 셋타(雪駄, 눈 올 때 신는 신발)를 급하게 신고 나간 듯했는데 얼마 후 돌아와서 약사당에서 기도하겠다며 지초를 데리고 나갔습니다.

노리미즈: "그럼 그 셋타가!? 그러면 일단 돌아온 뒤 신은 것은 히요리(日和, 비가 오지 않을 때 신는 굽이 낮은 왜나막신)라는 말씀이군요."

구마시로는 깜짝 놀라서 큰 소리를 지르고 말았다. 틀림없이 범인의 발자국이라고 이해하고 깊게 물어보지도 않았던 셋타의 자국이 주지의 것이라면, 도대체 범인은 어떤 방법으로 발자국을 지운 걸까? 그게 아니라면, 접근하지 않고 목적을 이룰 수 있는 흉기가 있었던 것일까? 하지만 노리미즈는 더이상 동요의 기색을 보이지 않았다.

노리미즈: "하하하하, 구마시로 군, 아마 이 모순에 대해서는 조금 있으면 알게 될 테니까. 그런데 부인, 그때 남편 분의 상태에 뭔가 평소와 다른 점은 없었나요?"

야나에: "예. 특별히 평소의 남편과 다른 점은 없었지만 무슨 까닭인지 구타치(空闥) 씨의 히요리(日和)를 신고 있었어요. 그리고 15분 정도 후에 지초(慈袑)가 돌아온 듯 기침 소리가 들렸는데요, 구타치 씨는 그때 본당 옆방에서 단가(檀家; 일정한 절에 속해 있고 시주를 하며 절의 재정을 돕는 집이나 그 사람. 시주 : 역자주) 사람과 장례 의논을 하고 있었을 거예요. 남편은 2, 3일 전부터 목이 아파서 마치 묵도를 하는 것처럼 독경 소리도 들리지 않았고, 저녁 식사에도 오지 않았거든요. 그리

고 매일 밤 10시경에 제가 연못 쪽으로 산책하러 가
는데 그때 약사당 안에서 본 것이 남편의 마지막 모
습이었습니다."

노리미즈: "그런데 그때 이미 남편분은 겐파쿠도(玄白堂)에서
시신이 된 상태였을 텐데요."

야나에: "그것을 제게 질문하시는 것은 도리가 아니라 생각합
니다만. 그것은 절대로 거짓이나 환각이 아니니까요"

야나에는 전혀 반응이 없었다. 구마시로가 혼잣말로 말한다.

구마시로: "그러면 문이 열려 있었다는 얘긴데……. 지초(慈
稻)는 문을 꼭 닫고 나왔다고 했었고……."

노리미즈: "틀림없이 호마(護摩)의 연기가 자욱했을 테니까
요. 그런데 뭔가 이상한 낌새는 없었나요?"

노리미즈는 별로 신경 쓰는 기색도 없이 질문을 계속했다.

야나에: "그냥 호마(護摩) 연기가 꽤 자욱하구나라는 생각이
들었어요. 남편은 얌전히 앉아있었고요. 그밖에는 딱

히⋯⋯."

노리미즈: "그럼 돌아올 때는 어땠습니까?"

야나에: "돌아올 때는 약사당 뒤를 지나서 왔어요. 그리고
　　　　11시 반경이었나? 남편 방 쪽에서 누군가가 걸어 다
　　　　니는 소리가 났어요. 저는 그때 돌아온 거라 믿고 있
　　　　었고요."

노리미즈: "발소리요?!"

　노리미즈는 거센 심장의 고동을 느꼈다.

노리미즈: "그런데 침실을 따로 쓰는 것에는 무슨 까닭이라
　　　　도⋯⋯."

야나에: "그것을 위해서는⋯⋯, 올 2월 이후의 남편에 관해
　　　　말씀드려야 합니다."

　야나에는 조금씩 여성스러운 억양으로 떨리는 목소리로
말했다.

야나에: "그 무렵부터 뭔가 예사롭지 않은 정신적인 타격을

받은 듯 낮에는 늘 생각에 잠겨 있었고 밤이 되면 두서없이 허튼소리를 하기 시작했어요. 그리고 몸은 눈에 띄게 쇠약해져 갔고요. 그러더니 지난달부터는 밤마다 약사당에서 미친 듯이 근행(勤行; 승려가 시간을 정해 부처 앞에서 독경하거나 예배하는 것 : 역자주)을 하는 거예요. 그러니 당연히 제게서 멀어지게 된 것이고요."

노리미즈: "듣고 보니 그렇군요. 그건 그렇고 이번에는 상당히 기묘한 질문이 될 수도 있겠는데요. 중인방(長押)에 있는 오시에(押絵)의 왼쪽 눈 말인데요. 그것은 전부터 없었나요?"

야나에: "아니오. 그저께 아침까지는 분명히 있었던 것 같은데……. 게다가 어제 그 방에는 누구 한 사람 들어가지 않았거든요."

노리미즈: "고마워요. 잘 알겠습니다. 그런데 말이죠."

노리미즈는 처음으로 날카롭게 물었다.

노리미즈: "어젯밤 10시경에 산책 다녀오셨다는 이야기 말

인데요. 어젯밤 그 무렵은 날씨가 흐리고 기온이 매우 낮았잖아요. 그 산책은 단순한 산책만을 위한 것이었나요?"

그 순간 핏기가 싹 가시면서 야나에는 충동을 참는듯한 고통스러운 표정을 지었다. 그러나 노리미즈는 무슨 까닭인지 그 모습을 슬쩍 보기만 할 뿐, 그 또한 깊은 한숨을 쉬고는 야나에에 대한 심문을 마쳤다.

야나에가 사라지자 구마시로는 묘한 굳은 웃음을 띠며 말했다.

구마시로: "듣지 않아도 자네는 알고 있지?"

노리미즈: "뭘? 글쎄……?"

노리미즈는 애매한 말로 얼버무렸다.

노리미즈: "닮았다면 닮은 거겠지. 물론 우연히 서로 닮은 것일 수도 있겠지만 이 얼굴, 정말 기예천(伎藝天)과 똑 닮은 것 같지 않아?"

하제쿠라: "그것보다 노리미즈 군"

하제쿠라 검사가 담배를 버리고 다시 앉았다.

하제쿠라: "자네는 왜 오시에의 왼쪽 눈에 신경을 쓰는 거지?"

그 말을 듣고 노리미즈는 갑자기 구마시로를 문지방 옆으로 데리고 가서 널문을 조금 연 채 말했다.

노리미즈: "그럼 실험을 한번 해 볼까? 어젯밤 이 방에 몰래 침입한 사람이 있었고 그때 눈의 막이 어떻게 떨어졌는지를……."

그리고 그 자신이 먼저 문지방 위에 올라가 힘을 가한 뒤 한 손으로 널문을 누르니 널문은 굉장한 소리를 내며 삐걱거렸다. 그러나 그 위에 구마시로를 올라오게 하니 이번에는 매끈하게 미끄러져 나오는 것이었다. 그와 동시에 오시에(押繪)를 보고 있던 하제쿠라 검사에게서 '흠……'하고 앓는 소리가 흘러나왔다.

노리미즈: "어때? 문지방이 내려가는 반동으로 중인방의 오시에(押繪)가 덜컥 기울어지는 거 봤지? 그 힘으로 조금씩 떨어져 나갔던 막이 벗겨진 거야. 구마시로 군

은 18관(貫; 67.5킬로그램 : 역자주) 이상 나가겠지? 우리들 정도의 무게로는 문은 삐걱거리지 않고 열릴 정도로 문지방이 내려가지 않지. 즉 문을 삐걱거리게 하지 않고 이 방에 들어갈 수 있는 사람은 구마시로 군과 같은 무게 이상, 즉 사쿠오나 혹은 두 명 이상의 무게이어야 한다는 말이야."

두 사람 몫의 무게, 그것은 범인과 시신을 의미한다. 과연 한 사람일까, 두 사람일까? 그리고 이 방에서 무슨 일이 벌어졌던 것일까? 혹시 안막박락(眼膜剝落; 각막이 벗겨서 떨어지는 것 : 역자주)은 노리미즈의 추측과는 전혀 다른 경로에서 일어난 것은 아닐까? 여러 가지 의문이 마치 당장이라도 질식시킬 듯한 기세로 몰려왔다. 그러나 그 분위기는 금세 구타치(空廚)에 의해 깨지게 된다. 이 노련하고 세상 물정에 밝은 설교사(說敎師; 설교사는 부처·보살의 홍서(弘誓)를 설파하고 불법의 바른 의미를 사람들에게 전달하는 것을 전문으로 하는 중을 총칭한 것 : 역자주)가 신기하게 생긴 화포를 들고 등장한 것이다.

구타치라는 50세가량의 승려의, 피해자와 거의 같은 형태의 체구가 주목되었다. 승려 특유의 묘하게 끈끈하고, 그런데도 어딘가 유들유들하게 보이는 유연함으로 능숙한 구변을 놀리고 있었지만, 용모는 마치 나한같이 추하고 괴이하게 보였으며 게다가 당근색의 피부를 가진, 그 대조적인 모습이 몹시 섬뜩했다. 그는 질문에 따라, 저녁 식사 후 7시 반에서 8시경까지는 단가 가쓰라기(葛城) 집안의 심부름꾼과 회담을 가진 후 그 집에 가서 입관하기 전 죽은 사람 머리맡에서 독경을 읊었으며, 10시를 지나 집에 돌아왔다고 대답했다. 그런데 갑자기 자세를 바로 하고 마치 위압을 가하는 듯한 말투로 '이 사건의 열쇠는 속인에게는 보이지 않는 불법의 불가사의에 있다'라는 말을 꺼냈다. 그리고 눈을 감고 염주 알을 손가락 끝으로 하나하나 굴리며 이야기하기 시작한 것은 어슴푸레한 안개 저편에서 '확' 하고 불타올랐다던 기이한 도깨비불에 관해서였다.

그것은 3월 그믐날 밤 달이 나온 지 얼마 안 되는 8시경에 일어난 일이라고 한다. 갑자기 지초(慈礽)와 사쿠오(朔郎)가 뛰어 들어와서 겐파쿠도(玄白堂)에 불가사의한 기적이 나타났다고 했는데, 그것이 천인상(天人像)의 두상(頭上)에 달무리 같은 맑은 후광(後光·불교에서 부처의 몸에서 비치는 광명(光明)의 빛이나 그것을 형상화한 불상 뒤의 둥근 금빛의 테를 가리킨다 : 역자주)이 비쳤다는 것이다. 일단은 조사가 필요하다는 판단에 다이류(胎龍)와 구타치(空闥) 두 사람은 겐파쿠도로 향했다. 그러나 당(堂) 안팎에는 아무런 이상이 없을 뿐만 아니라 시험 삼아 두상(頭上)의 옹이구멍을 통해 광선을 통과시켜 보아도 머리카락의 칠이 빛날 뿐이었다. 결국, 괴이한 현상으로 남겨지고 말았는데, 그 다음날부터 다이류의 모습이 돌변하여 회의와 사념에 빠져버리게 되었다는 것이었다.

노리미즈: "그런데 사쿠오는 아무런 말도 안했잖아요."

　다 듣고 난 후 노리미즈는 약간 비아냥거리는 질문을 했다.

구타치: "그럴 거예요. 그 대사 신봉자 놈은 누군가가 치밀하게 계획한 장난이라고 말하고 있어서요. 처음부터 머릿속에 없었을 거예요. 그러나 과학 따위로 어떻게 풀 수가 있을까요? 아니, 풀리지 않는 것이 당연한 것인지도 몰라요."

노리미즈: "그러면 천인상(天人像)의 후광은 그때뿐이었나요?"

구타치: "아뇨, 그 후에 5월 10에 또 한 번 있었습니다. 그때 본 것은 바로 얼마 전에 휴가를 받은 후쿠(福)라는 하녀였습니다."

노리미즈: "그것은 몇 시경이었나요?"

구타치: "음……. 아마 9시 10분경이었을 거에요. 마침 그때 제가 시계태엽을 감고 있어서 시각은 정확하게 기억하거든요."

　다음으로 심문을 받은 지초(慈初)는 특별히 색다른 것이 없는 진술로 끝났고 하루 종일 외출하지 않고 자기 방에서만 지냈다고 했는데, 그 두개(頭蓋) 모양이 롬브로소(Lombroso, Cesare)[18]라면 껴안아 주고 싶어 할 만큼 조금 특이한 형상을 지니고 있었다. 노리미즈는 지초에 대한 심문을 마치고 이어서 불목하니 나미가이 규하치(浪貝久八)를 불러 달라고 부탁했다. 그러나 주뼛주뼛 들어오는 그 노인을 보

---

18) 롬브로소(Lombroso, Cesare)[1836 - 1909] : 이탈리아의 의사로 범죄인류학의 창시자.

고 구마시로는 노리미즈의 귀에 뭔가 속삭였다. 그 이유는 ……, 아까 심문 중에 규하치가 갑자기 간질 발작을 일으켜서 저녁 6시부터 8시경까지 절 부엌에서 부지런히 일하고 있었다는 것 이외에는 알아내지 못한 것과 부유한 전당포 주인인 그가 왜 불목하니 생활을 하고 있는지 등과 같은 의문으로부터였다. 규하치는 오랫동안 앓고 있던 신경통이 약사여래 신앙으로 나았다는 둥, 그 이후에 이상할 정도로 광신적인 믿음을 갖게 되어 올해 1월 퇴원할 때까지 교외의 전광원(癲狂院, 정신병원)[19]에서 지냈다는 둥의 이야기를 했다. 그런데 이 약사여래불을 모시는 노인은 일일이 범인의 행적을 지적해 나갔다.

규하치: "아마 10시 반경이었을 거예요. 누가 쇠사슬을 풀었는지 기르던 개의 짖는 소리가 연못 쪽에서 났습니다. 그래서 잡으러 가려고 약사당 앞을 지나갔는데 안에서는 방장님께서 기도하고 계시는 듯 등을 돌리

---

19) 전광원(癲狂院, 정신병원) : 정신 장애자의 치료·보호의 목적으로 만들어져, 입원과 통원 설비를 갖춘 시설을 말한다. 이전에는 풍전원(瘋癲院), 뇌병원(腦病院) 등의 명칭이 사용되었는데 현재는 정신병원이라고 불린다.

고 앉아 계셨습니다."

노리미즈: "뭐라고? 자네도?"

그 순간 자기도 모르게 세 명의 시선이 마주쳤지만 규하치는 무관심하게 계속했다.

규하치: "그러나 그때 우스꽝스러운 광경을 보았습니다. 잿날 밤에만 사용하는 빨간 통 제등이 양편에 매달려 있었는데 둘 다 모두 등이 들어온 상태였어요."

노리미즈: "허, 빨간 통 제등이?!"

노리미즈는 충동적으로 중얼거렸고 그 아래에서 눈을 들어 상대의 다음 말을 재촉했다.

규하치: "그리고 연못 근처로 갔는데 너무 캄캄해서 개를 찾을 수 없었습니다. 그래서 하는 수 없이 휘파람을 불면서 이리저리 30분 가까이 쭈그리고 앉아 있는 동안, 건너편 강기슭의 시즈쿠이시(雫石) 씨의 뒤쪽 주변에 있던 누군가가 담배꽁초를 연못 안에 던져 버리는 것을 보았습니다. 하긴 절에서 담배 피우는 사람

은 저 혼자뿐이어서 좀 궁금하더라구요."

노리미즈: "그럼 돌아오는 길에도 제등이 켜져 있었나?"

규하치: "아니오. 제등은커녕 문도 다 닫혀 있어서 아주 어
　　　두웠어요."

　이렇게 관계자 심문은 종료되었다. 규하치가 떠나자 노리
미즈는 아주 녹초가 되어 중얼거렸다.

노리미즈: "역시 동기라고 할 만한 게 없어. 게다가 이런 그냥
　　　넓기만 하고 사람이 적은 집 안에서는 원래 알리바이
　　　를 찾으려고 하는 것 자체가 무리일지도 모르고."

하제쿠라: "하지만 자네가 말하는 기구(메커니즘) 일부는 건졌
　　　잖나?"

　하제쿠라 검사가 말하자, 노리미즈는 잠시 짓궂은 미소를
지었다.

노리미즈: "하지만 지금 전체 사진의 음화(陰画; 네거 : 역자주)
　　　를 알게 되었다고. 다이류의 심리가 어떤 식으로 침

식당하고 변화되어 갔는가 하면 말이지……."

하제쿠라: "흠. 어떻게 되었는데?"

노리미즈: "실은 아까 다이류 방을 찾다가 손으로 쓴 메모 같
은 것을 발견했어. 물론 달리 주목할 만한 기술은 없
었지만, 꿈에 관한 내용을 남겨 준 덕분에 수고를 크
게 덜 수 있었어. '5월 21일에는, 요즘 며칠 밤마다
나무 자물쇠에 앉는 꿈을 꾸는데 어떻게 된 것인가'
라는 내용이었고. 6월 19일에는, '하나밖에 없는 오
른쪽 눈을 도려내서 천인상에 빠져 있는 왼쪽 눈 속
에 넣었다'라고 씌어 있었어. 그래서 나는 프로이트
(Freud, Sigmund)[20]는 아니지만 즉시 정신분석학에서
말하는 '꿈의 해석'을 한번 해보기로 했어. 그것이 다
이류의 삐뚤어진 심리를 정확하게 묘사하고 있기 때
문이지. 우선 3월쯤 다이류에게 이따금 일어났다던
실신 상태에 관해 설명하자면 그것은 성적 기능의 억

---

20) 프로이트(Freud, Sigmund)[1856 - 1939] : 오스트리아의 정신 병리학자·
정신 분석의 창시자.

울(抑鬱)[21]에서 발생하는 마비성 피로인 거야. 그 증거가 '여드름' 운운하는 꿈인데, 그것이 충족되지 않는 성욕에 대한 간절한 소망이라는 것은 여드름을 짜낸 흔적이 여성 성기의 상징이기 때문이야. 즉 그것 때문에 야나에가 다이류에게서 멀어져갔다는 것을 알 수 있지. 그리고 나무자물쇠 말인데, '자물쇠'도 역시 여성 성기를 나타내고 있거든. 하지만 나무라는 말은 결국 나무로 만든 불상을 의미하는 것이 아닐까? 그렇게 되면 천인상이 신비스러운 후광에 부딪히고 초로(初老)기에 금지된 성적 소망이 어떤 증상으로 전화되어 갔는지 그 프로세스가 명료해지지. 그것은 조상애호증(彫像愛好症. Pygmalionism; 인형이나 조각 등 사람을 본떠 만든 무기물에 대한 성적 기호 : 역자주)이라는 것으로 설명할 수 있어. 그리고 다이류는 정신적으로 끊임없이 타락해갔는데, 물론 그와 함께 성적 기능이

---

21) 억울(抑鬱) : '침울해져서 아무것도 할 기분이 들지 않는 것', '우울한 기분' 등의 마음 상태가 강해져서 각종 정신 증상이나 신체 증상이 보이는 것을 말함. 억울(抑鬱) 상태가 보이는 질환에는 우울증과 조울증, 억울 신경증 등이 있음.

저하되어 없어져 버린 것은 말할 필요도 없지. 그리고 그 증상을 자각한 것이 하나의 전기가 되어서 그 이후의 일이 마지막 꿈으로 나타나게 된 거야. 다이류가 자기의 하나밖에 없는 눈을 도려내어 천인상에 바친 것은, 출가하여 수행하는 사람으로는 흔히 생각할 수 없는 존상(尊像, 존귀한 형상) 모독의 죄업을 저지른 징벌로서 부처님의 단죄를 소망했기 때문이야. 이봐! 피에르 자네(Pierre Jane)[22]가 말하고 있잖아. 육체에 받는 고통을 즐기는 것보다도 정신적 자기 응징에 쾌락을 느낀다는 쪽이 보다 전형적인 마조히스트(masochist)[23]에 가깝다고 말이야. 그런 식으로 대단히 특이한 모습이지만 여하튼 일종의 기적에 대한 동경이라고도 할 수 있는 것이 다이류가 빠지게 된 마지막 귀착점이었던 거야. 올해 들어 다이류의 심리에

---

22) 피에르 자네(Pierre Jane) : 프랑스의 심리학자·정신의학자. 신경쇠약 히스테리에 관한 독자적인 이론을 전개하여 스위스의 심리학자 융 등에게 영향을 미침.

23) 마조히스트(masochist) : 신체적으로 가해지는 고통에서 성적 쾌감을 얻는 이상 성욕을 가진 사람.

일어난 변화는 이것으로 확실히 설명되지 않을까? 그리고 그것이 내가 상상하는 거세법 프로세서를 기반으로 하고 있어서 그간의 주요한 점에는 분명히 외부에서 작용하는 것이 있었을 테고. 좀 더 알게 되면 흉기 추정이 가능하게 된다는 셈이지."

말을 마치고 노리미즈는 어이없다는 듯 멍해진 두 사람을 곁눈질로 바라보며 침착하고 여유롭게 일어났다.

노리미즈: "그럼 구타치에게 안내를 부탁해서 약사당을 조사하기로 하지."

약사당의 계단을 올라가자 중앙에는 향의 타고 남은 찌꺼기가 산처럼 쌓여 있는 호마단(護摩壇)이 있고, 그 배후는 두 개의 문짝이 달린 궤 모양의 장막으로 이루어져 있었다. 장막은 열려 있었고 눈이 어두움에 점점 익숙해지면서 안에 있던 약사삼존(藥師三尊; 약사유리광여래와 그를 왼쪽에서 모시는 일광보살, 오른쪽에서 모시는 월광보살을 가리키는 것 : 역자주)이 자못 열대지방에 사는 사람 같은 여유로운 성용(聖容; 신불 등의 거룩한 자태 : 역자주)을 드러내었다. 중앙에는 좌상(坐像)인 약사여래(薬師如来)가 있었고, 이를 좌우에서 모시고 있는 것은 일광보살 월광보살은 입상(立像)이었다. 약사삼존의 뒤쪽은 6자 정도의 마루방으로 꾸며져 있었는데, 그 안쪽 단상에는 성관음(聖観音) 상과 좌우에 사천왕(四天王)이 2구씩 올려져 있었다. 당내에서 채집한 지문에는, 역시 추리를 전개시킬 만한 것은 없었다.

노리미즈: "어디에도 먼지 하나 없네요."

노리미즈가 의아스운 듯 구타치에게 말했다.

구타치: "잿날 전날이 청소하는 날이고 아직 3일 정도밖에 지나지 않아서 발자국이 남을 정도의 먼지는 없습니다. 그때 이 통 제등 안도 하니까요."

그렇게 말하고 구타치는 펼친 전체 길이가 사람의 키 정도 되고 철판으로 만든 구경이 7치나 되는 진홍색 통 제등 두 개를 양손에 들고 왔다. 초에는 두 개 모두 철심이 보일 때까지 탔을 때 끈 흔적이 있었다. 노리미즈는 이 제등으로부터 결국 아무것도 얻을 것이 없었다. 호마단(護摩壇) 앞에 있는 경상(經床)에는 오른쪽 끝에 반야심경이 겹쳐 쌓여 있었고, 다이류가 읊었던 듯 보이는 비밀삼매즉불념송(秘密三昧即仏念誦)의 사본이 중앙에 펼쳐져 있었다. 영저(鈴杵; 자루를 금강저 모양으로 만든 방울로 밀교에서 사용하는 중요한 불구(佛具) : 역자주)를 추에 놓고 펼쳐져 있는 곳은 '오장백육십심등삼중적색망집화(五障百六十心等三重赤色妄執火)'라는 1절 부분이었다.

노리미즈: "이 한 권을 처음부터 읊었다고 한다면 여기까지 몇 분 정도 걸리나요?"

구타치: "글쎄요. 2, 30분 쯤 걸리지 않을까요?"

하제쿠라: "그러면 8시부터 시작했다고 하면 8시 30분쯤 되는 건가?

구마시로: "응, 혹은 여기에서 시신으로 만든 것을 겐파쿠도(玄白堂)로 옮겨 놓았는지도 몰라. 거기에 통 제등이 하나 더해져서 결국 저울이 수평이 된 거고."

구마시로는 당혹한 듯이 말했고 바로 앞에 있던 노리미즈가 작은 종이로 싼 것을 쑥 내밀며 이렇게 말했다.

노리미즈: "이것을 감정과에 돌려서 현미경으로 검사해 주게나. 검은 그을음 같은 것인데, 약사삼존 중 월광(月光)의 광배(光背; 후광(後光). 불상 뒷면에 붙이는 빛을 본뜬 장식 : 역자주)에만 붙어 있었어."

노리미즈: "빨간색과 빨간색, 불과 불!"

노리미즈는 작은 소리로 꿈을 꾸듯 중얼거렸다.

약사당 조사를 끝내고 나서 호반에 나오니 노리미즈가 어느 틈엔가 시즈쿠이시 다카무라(雫石喬村)에게 심부름꾼을 보낸 듯 형사 하나가 겉봉을 봉한 한 통의 편지를 손에 들고 돌아왔다. 거기에는 흘려 쓴 글씨로 다음과 같은 문장이 쓰여 있었다.

—— 다이류 군이 살해당했다니 실로 의외다. 더욱 놀라운 것은 내가 어느 틈엔가 사건 속의 한 사람이 되었다고 하는 것이다. 자네는 야나에가 나와 결혼하기 위해 다이류 군 곁을 떠나고 싶어 한다고 했지. 그것은 사실이다.

사실 나는 야나에를 사랑한다. 그리고 둘의 관계는 작년 말 이후로 계속 이어졌지만, 그것은 단순한 사모 이상으로는 한 걸음도 나아가지 않았다는 것을 밝혀 두고 싶다. 물론 어젯밤에도 10시경이었을까, 빨래를 말리다가 내려와서 10분 정도 연못 주위에서 그녀를 만났다. 그러나 아무리 세상일에 어두운 나도 밀회와 다름없는 장소에서 누가 담배 같은 것을 피우겠나? 이상으로 자네의 질문에 답변해 두겠다. 독신의 화가에게 확실한 알리바이가 없다는 것은 익히 알고 있지만, 정직이 최선의 방책이라고 믿기에…….

다 읽고 난 후 노리미즈는 애석한 듯 쓴웃음을 지었다.

노리미즈: "우정을 배반하고 상대의 마음속을 떠보다니……. 리고 알게 된 것은 야나에가 말하지 못했다는 것뿐이었지."

그리고 나서 그는 혼자서 연못 건너편에 가서 수문의 둑을 조사하더니, 뭔가 찾기라도 하는 것처럼 고개를 숙이면서 걸어가다가 이윽고 연꽃 한 개를 손에 들고 돌아왔다.

노리미즈: "묘한 것이 있더라고."

그렇게 말하고 꽃잎을 잡아 뜯자 안에서 5, 6마리의 거머리가 꿈틀거리고 있었다.

노리미즈: "둑 근처에 있던 것인데 어때? 좋은 향기가 나지? 다바요스 레세타바스(木精蓮)라는 열대종인데. 이 꽃은 밤에 피고 낮에 지지. 그리고 닫힌 꽃잎 속에 거머리가 있었다고 한다면 범인이 연못 건너편에서 무엇을 했었는지 알 수 있을 텐데 말이지."

하제쿠라 검사와 구마시로는 담뱃재가 점차 길어지기만 할 뿐, 결국 아무 대답도 하지 못했다.

노리미즈: "모르겠다면 내가 먼저 말하지. 범인이 연못물로 피에 물든 손을 씻었고, 그 부근에 목정연(木精蓮, 레세타바스) 한 개가 물에 잠겨 있었다고 하면 어떻게 될까? 물론 피의 악취를 좇아 거머리가 군집하는 것은 말할 필요가 없겠지. 그리고 나서 머지않아 범인은 부유물을 흘려보내기 위해 수문 둑막이 판을 열고 물

을 흘려보냈고. 그러자 수면이 내려간 만큼 목정연(木精蓮, 레세타바스)은 공기 중으로 나오게 된 거야. 그렇게 아침이 되어 꽃이 질 때 남은 거머리가 꽃잎에 싸여 버리게 된 거지. 하지만 그것은 우연히 나타난 현상에 지나지 않아. 둑막이 판을 연 범인의 진짜 목적은 겐파쿠도(玄白堂) 안의 발자국을 없애는 데에 있었기 때문이야."

아, 노리미즈는 그 물의 흐름에서 무엇을 간파해낸 것일까?

노리미즈: "모르면 곤란하지. 범인이 아니더라도 누구나 수면의 위치가 다른 두 개의 연못이 있다면 그것을 이용할 테니까 말이야. 즉 이 연못의 수면을 약간 낮춘 다음 겐파쿠도(玄白堂)의 오른쪽에 있는 연못과 연못 홈 사이에 있는 둑을 끊었던 거야. 그러자 연못물이 수면이 낮은 연못 홈 안으로 한꺼번에 밀려들어서, 바위가 끝나는 건물의 왼쪽부터 다이류 배후에까지 그곳에 남아 있던 발자국을 지워 버렸던 거야. 그런데 내가 줄자로 재어본 대로 당 안은 오른쪽에서 왼쪽으로 경사져 있어서 눈이 올 때 신는 셋타(雪駄)나

맑은 날 신는 히요리(日和)의 흔적이 있는 부근까지는
물이 미치지 않아. 그리고 그 부근은 이른 아침에만
볕이 들기 때문에 젖은 발자국은 시신을 발견했을 당
시에는 전부 말라 버렸던 거고."

구마시로: "그러면 더더욱 다이류가 어디에서 살해당했는지
알 수 없게 되잖아."

구마시로는 뚫어지게 바라보며 입술을 깨물었지만, 하제
쿠라 검사는 짙은 회의의 뜻을 내비치며 이렇게 말했다.

하제쿠라: "근데 범인은 왜 담배를 피웠을까? 살인을 저지른
사람이 누가 보고 있을지도 모르는데 담배를 피우다
니, 그 심리를 도저히 이해할 수 없군. 그게 아니라면
다카무라(喬村)가 수사관의 심리를 역이용하려고 한
것인지도 모르지만, 동기 같은 것만으로는 도저히 다
카무라를 잡고 싶다는 생각이 안 들지 않아?"

하제쿠라 검사는 다시 말을 잇는다.

하제쿠라: "그런데 수수께끼는 또 하나가 있어. 그것은 제등

이 기이한 형태로 출몰했다는 거야. 10시에 야나에
에게 보이지 않았던 것이 10시 반에는 등불이 켜진
채 내려와 있었어. 그것이 11시가 되자 다시 모습을
감추고 있어. 이 세 단계의 출몰에, 도대체 범인의 어
떤 의도가 숨어 있는 걸까?"

구마시로: "음, 전혀 모르겠는걸."

구마시로도 암담해져서 중얼거렸다.

구마시로: "그때까지 나는 분명히 범인이 변장을 한 거라 믿
고 있었는데 그것에 막혀서 그 생각이 근본부터 무너
지고 말았어. 호마의 불빛만이라면 아마 유효했겠지
만. 그처럼 좌우로 제등을 늘어뜨리게 되면, 담뱃불
과 마찬가지로 정체가 폭로될 우려가 있기 때문이지.
그렇다고 해서 그것을 시신이라고 보기에는, 현실과
좀 더 동떨어지는 이야기가 될 테니까. 노리미즈 군,
자네 생각은 어떤가?"

그러나 노리미즈에게는 왠지 모르게 활기가 있었다.

노리미즈: "그런데 말이야. 나는 자네들과는 달리 그 제등을 옮기지 않고 관찰해보았어. 제등 안의 촛불만을 꼼짝하지 않고 바라다보고 있었단 말이지. 그랬더니 범인의 불가사의한 살인 방법을 왠지 모르게 알 수 있을 것 같다는 생각이 들기 시작한 거야. 지금까지도 천인상의 후광과 통 제등의 빛 사이에 도대체 어떤 이상한 기계가 작용하고 있었던 건지, 분명 그것을 알 수 있는 시기가 온 게 분명해. 여하튼 오늘은 이것으로 끝내기로 하고 나에게 곰곰이 생각해 볼 시간을 좀 주게나."

그렇게 사건 첫째 날은 수수께끼가 산적한 채로 끝나고 말았다. 예상대로 구마시로는 야나에·다카무라·사쿠오 세 명을 강제소환시켰다.

3. 두 개의 후광

  그날 밤 노리미즈에게 세 방면으로부터 정보가 입수되었
다. 그 하나는 법의학 교실로부터였는데, 칼 상처가 생긴 원
인으로는 노리미즈의 추정이 전부 입증되었고, 사망 시각도
7시 반에서 9시 사이라는 데에는 변함이 없었다. 다음은 구
마시로에게서 전해진 정보였는데, 사쿠오가 잃어버렸다는
또 한 개의 정이 발견되었고 그곳이 규하치가 쭈그리고 앉
아 있던 곳의 바로 앞에 있는 5미터 연못 안이었다는 것이
다. 그리고 마지막으로 노리미즈가 월광보살 배후에서 채취
한 까만 그을음 모양의 물건은 거의 둥근 모양의 철분과 송
연(松煙: 소나무를 태워 만든 그을음으로 안료나 먹의 원료로 쓰인다 :
역자주)이라는 것 ― 그것은 감식과에 의해 밝혀졌다. 하지
만 다음 날 아침, 구마시로는 힘없는 얼굴로 노리미즈를 찾
아왔다.

구마시로: "지금 막 사쿠오를 풀어줬어. 그 녀석에게 알리바
    이가 생긴 거야. 사쿠오 방의 담 건너편이 규하치 집
    부엌이잖아. 8시 반쯤에 거기에서 부지런히 일하던

규하치의 손녀딸이 사쿠오가 시계를 고치는 소리를 들었다는 거야. 처음에는 8시를 치게 했고 그다음 8시 반을 울리게 했는데 그때 자기 집 시계를 보니 8시 32분이었다고 하네. 그래서 사쿠오에게 물어보았더니 그 녀석은 깜빡했다며 길길이 날뛰더라고. 물론 사소한 점에 이르기까지 딱 들어맞더라고. 노리미즈 군, 어제 사쿠오 방의 시계가 2분 늦었던 것을 기억하고 있지? 그리고 절에는 그렇게 무겁고 가라앉은 소리를 내는 시계라는 것이 달리 하나도 없으니까 말이지."

그러나 노리미즈의 잔뜩 충혈된 눈을 보니, 밤을 지새우며 한 사색이 얼마나 치열했던 것인지를 상상할 수 있었다. 그렇게 구마시로의 이야기를 다 듣고 나자 그 눈이 갑자기 번쩍거리며 찬란한 빛을 띠기 시작했다.

노리미즈: "그래? 그러면 드디어 고라쿠지(劫樂寺) 사건의 결말을 쓸 수 있게 된 셈이군. 실은 사쿠오의 알리바이가 나오기만을 기다리고 있었다고. 아, 그것을 들으니 갑자기 잠이 오는군. 미안하지만 구마시로 군, 오

늘은 이만 돌아가 주겠나?"

그다음 날이었다. 노리미즈는 며칠 후에 상영이 시작되는 에비주로좌(鰕十郎座)의 무대 뒤에 모습을 드러냈다. 오전 중의 나라쿠(奈落; 극장의 무대나 배우가 무대를 출입하도록 관람석 사이에 높게 만든 통로 밑의 지하실 : 역자주)는 인적도 뜸해 구리야가와 사쿠오(厨川朔郎)는 하얀 화실용 옷을 입고 화필을 움직이는 데 집중하고 있다. 그 어깻죽지를 툭 두드리며 노리미즈가 말한다.

노리미즈: "어이, 축하해. 그런데 구리야가와 군, 자네 어제 괘종시계를 수리했다고?"

구리야가와: "네? 무슨 말씀인지 전혀 모르겠는데요."

사쿠오는 의아한 표정으로 말했다.

노리미즈: "하지만 그날 이후로 자네 시계의 울림 장치가 항상 한 번밖에 울리지 않아서 말이지. 그것이 오늘 자네가 없을 때 가보니, 어느샌가 보통 상태로 돌아와 있더라고. 어차피 자네는 말을 안 할 테니까 내가 대

신 말해도 되겠나?"

노리미즈는 처음에는 극히 평정한 어조로 말하기 시작했
는데 따라 사쿠오의 입술에 나타난 경련이 조금씩 심해지기
시작했다.

노리미즈: "그러기 위해서는 사전 준비 행위가 필요했던 거
야. 자네가 자기 방 시계에 천 같은 것을 질러 넣어서
종소리가 울리지 않게 한 거지. 그리고 7시 전에 방
을 나와서 부엌 출입구로 통하는 나무 쪽문을 통해
약사당으로 간 것은 말이지, 그전에 집을 비운 방의
시계와 자네가 바꿔 놓을 시계를 야나에 서재에 만
들어 두기 위해서였지. 그럼, 이제 자네의 위조 알리
바이를 분해해볼까? 먼저 야나에의 서재에 있는 괘
종시계의 분침과 시침에 안전 면도칼을 일정한 위치
에 붙여 둔 거야. 그리고 시계의 오른쪽에 있는 못에
실을 연결하고, 그것을 비스듬히 숫자판의 원심 위
에서, 8시 30분 이후에 칼이 합쳐지는 점을 통과시
켜서, 마지막 부분을 자네 방에서 들고 간 휴대 축음
기의 회전축에 동여맨 거야. 축음기는 미리 부채꼴로

퍼져 있던 거미줄 아래쪽 적당한 위치에 설치해 둔 것인데, 거기에도 자네의 꼼수가 있었어. 자네는 아마 틀림없이 속도를 가장 느리게 만들어서 딱 두 바퀴 돌았을 때 멈추도록 태엽을 감아두었을 거야. 그리고 송음관(送音管)을 떼서 그것을 반대로 중앙의 회전축에 동여매는 거야. 그러면 발음기(發音器; 울림통 : 역자주)가 아래쪽으로 처지기 때문에 만(卍) 자 한 개와 똑같은 모양이 되는데 그것이 끝나면 조금씩 정지기(停止器)를 움직여서 회전을 시작하게 만든 것이지. 물론 그것만으로는 실이 판을 회전하게 할 수 없지만, 곧 8시 30분이 조금 지나면 양 침에 붙여진 면도칼이 만나기 때문에 실은 '툭'하고 끊어지게 되지. 그렇게 회전이 시작되면 발음기(發音器)의 바늘을 받치는 부분이 위에 있는 거미줄을 당겨서 그 시침과 비슷한 낮은 음향을 나게 만든 거야. 쉽게 말하면, 처음 회전으로 8번, 두 번째로 1번, 그것이 30분을 알리는 시각에 해당하는 셈인데, 그 두 번으로 태엽의 수명은 끝나 버리고 되는 거지."

구리야가와: "뭔가 잘못 드신모양이군요, 하하하."

사쿠오가 갑자기 경직된 소리를 내며 웃었다.

구리야가와: "그렇다면, 그런 명주실에서 어떻게 그런 소리가 나오는 걸까요?"

노리미즈: "음, 그렇군. 10개 중에서 양쪽 끝의 2개씩은 단순한 명주 끈이었지. 그런데 가운데 8개는 진짜 소도구에 해당하는 것이야. 쓰치구모(土蜘蛛)의 실에는 이미 20년 된 전기용 퓨즈를 심으로 사용하고 있어. 게다가 그중의 매우 굵직한 한 개를 자네는 심으로 쓰고 있었던 거야. 따라서 처음에는 8번 쳤지만 7개의 가는 퓨즈는 그 자리에서 끊어져 버리고 남은 굵직한 한 개만이 두 번째 시각에 '둥' 하고 한 번 울리게 된 셈이지."

구리야가와: "아니, 실로 기발한 취향이시군요. 그런데 그것은 당신의 독창적인 생각이신가요?"

사쿠오는 비지땀을 뚝뚝 흘리며 간신히 의자 등으로 쓰러지는 것을 간신히 지탱하며 억지로 비웃는 듯한 표정을 지었다.

노리미즈: "아니, 자네의 사소한 실수에서 알게 되었지. 일반적으로 태엽이 전부 느슨해져서 끊어지는 일은 사용하고 있는 축음기에서는 절대로 있을 수 없는 일 아닌가? 범행 후에 모든 것을 원형으로 돌려놓았을 뿐만 아니라 일부러 자기 입이 아니라 남이 말하게 해서, 알리바이를 매우 자연스럽고 그럴싸하게 보이려고 한 거지. 하지만 한가지, 태엽을 감아두는 것을 잊고 있었어. 나는 그 거미줄을 보았을 때 이거라면 알리바이를 만들 수 있다고 직감했던 거지. 그래서 그것으로 알리바이가 증명된다면 자네가 범인이 될 거라고 믿고 있던 거야."

구리야가와: "그것뿐인가요? 더 이상 없는 거죠?"

사쿠오는 절망적으로 몸을 뒤로 젖혔지만, 여전히 필사적인 기색을 보였다.

노리미즈: "또 있어. 다음은 천인상의 후광 말인데. 참 용케

도 교묘하게 달의 광선을 이용했더군. 달밤에는 두상에 있는 옹이구멍에서 약 5분 정도만 천인상 후두부에 빛이 들어오게 되지. 그러한 사실을 알고, 천인상에 후광이 나타나는 시각을 조사해 보니, 두 번 다 옹이구멍에서 달빛이 들어오는 시각에 해당한다고 하더군. 그걸로 후광의 전모를 알 수 있었어. 즉 첫날 밤은 브롬화라듐과 황화아연으로 만든 발광도료를 미리 검은 천 모자에 둥그렇게 여기저기 흩어지게 해 놓고 그것을 천인상의 후두부에 씌워 그 천 모자에 긴 끈을 달아, 끈의 끝을 포석(鋪石; 납작한 돌 : 역자주) 위에 놓은 대갈못에 연결해 놓았던 거야. 그리고 시각을 재서 지초(慈昶)를 유인해낸 것인데, 달빛이 두상에 떨어지고 있는 동안은 그것에 가로막혀 있지만, 달의 위치가 움직이고 천인상이 어둑어둑해지면 발광도료가 형광색의 광원(光源)을 만들어서 처참한 유사 후광을 발광시킨 거야. 물론 지초는 기겁을 하고 도망쳤겠지만, 자네는 대갈못을 나막신으로 밟고 그것을 질질 끌며 달리면서 도중에서 떼어내 품속에 넣었을 거야. 어때? 구리야가와 군. 그리고 범행 당일

밤, 이번에는 다이류의 면전에서 후광을 발광시킨 거지. 그러나 그때의 순서는 앞의 두 번과는 반대로 유사 후광이 다이류의 눈에 닿자마자 월광(月光) 때문에 꺼진 것처럼 만든 거지. 틀림 없어!"

폭로된 범죄자 특유의 흉한 표정이 순식간에 사라지고 사쿠오의 얼굴은 마치 백랍(白蠟; 햇빛에 표백한 밀랍으로 연고나 경고 등의 기제(基劑)로 쓴다 : 역자주)의 가면 같이 변했다.

구마시로: "그런데 도대체 다이류는 어디에서 어떤 흉기로 살해당한 거야? 그리고 시신의 상태와 그 불가사의하기 짝이 없는 표정은 무엇이지? 그 외에도 이 사건에는 수많은 수수께끼가 포함되어 있는데……?"

구마시로는 한숨 돌릴 틈을 노리미즈에게 주지 않았다.

노리미즈: "응"

천천히 입술을 축이고 노리미즈의 혀가 다시 움직이기 시작했다.

노리미즈: "그럼 구리야가와(廚川) 군의 계획을 처음부터 말
할 테니 그 안에 나타나는 것을 집중해서 잘 들어 보
라고. 이 사건은 3월 그믐날 천인상의 괴이함으로로
부터 시작되었는데, 그 전에 다이류가 이야기하는 꿈
을 정신분석학적으로 해석해서 첫 번째 기회가 오기
만을 기다리고 있었지. 그리고 아니나 다를까 던진
주사위에 기대했던 숫자가 나와서 다이류는 그저께
내가 이야기한 '꿈의 해석'대로 경로를 더듬어 쇠멸
의 일로(一路)로 떨어져 갔던 거야. 즉 구리야가와 군
은 범인으로서는 실로 전대미문인 대뇌를 침범하는
조직을 만들어 낸 거야. 또 다이류의 의식을 빼앗고
완전히 무저항인 상태로 만든 원인도 실은 거기에 있
는 거라고."

구리야가와: "⋯⋯⋯."

사쿠오는 기계인형처럼 끄덕였다.

노리미즈: "그리고 구리야가와 군은 석 달이 넘는 기간 동안
계속 꿈에 대한 이야기를 하게 하고는 그 정신분석에

따라 다이류의 뇌수 속에서 성장해 가는 조직의 모습을 냉정하게 지켜보고 있었어. 거기까지가 밑그림(데생)이고, 그날 드디어 본격적인 그림을 위해 화필(브러시)과 화판(画板; 팔레트)을 들었던 거지. 그 첫 시작으로 세 번 천인상에 후광을 비춘 거야. 다이류는 그것을 초자연계로부터의 계시라고 믿고 머지않아 내려질 심판에 외포(畏怖; 두려움 : 역자주)와 법열(法悦; 황홀한 기분 : 역자주) 이외의 다른 것은 아무것도 느끼지 못하게 되고 말았어. 그것이 소위 건부(健否; 건부(健)·(否), 통상 검진표에서 건강하면 건(健)에 병으로 요양 중인 경우에는 부(否)에 표시한다 : 역자주)의 경계를 말하는데, 정신의 균형이 위태롭게 되어 금방이라도 한쪽 추가 굴러떨어지려 하는 거지. 즉 구리야가와 군이 만든 조직이 마지막 한 줄기의 건강한 세포를 남길 때까지 다 먹어치고 만 거야. 그것이 표면상으로는 평소와 다르지 않은 듯 보였지만, 실제로 다이류의 마음속에는 비가 안 오는 날에 신는 나막신을 정신없이 신었을 정도로 슬프고 끔찍한 폭풍우가 사납게 불고 있었던 거지. 그리고 다이류는 약사당에 올라가 마의 수법(修法)을

행하고 필사적인 기원을 담아 약사여래의 단죄를 원
했던 건데, 그때 구리야가와 군이 약사여래불에게도
기적이 나타나게 만든 거야. 갑자기 여래의 광배(光
背) 부근에서 후광(後光)이 번쩍이게 만들었던 거지.”

구마시로: “뭐라고?!”

　구마시로는 자기도 모르게 담배를 떨어뜨리더니,

구마시로: “아, 당신은 정말 대단한 사람이군!”

　라고 신음하듯 탄식했다. 그러나 노리미즈에게는 그 진상
도 하나의 사무적인 정리에 지나지 않았다.

노리미즈: “사실 그것은 센코하나비(線香花火; 지노 끝에 화약을
　　비벼 넣은 작은 꽃불 : 역자주)야. 구리야가와 군은 약사여
　　래불의 배후 단상에 있는 성관음(聖観音 ; 성관세음[聖観
　　世音] : 역자주)의 목에 거울을 약간 아래쪽으로 걸어 두
　　고, 약사삼존(薬師三尊) 중 월광보살상 배후에서 센코
　　하나비(線香花火)를 태웠던 거야. 그렇게 되면 당연히
　　그 솔잎 불이 거울에 비치게 되겠지. 그것을 다이류

가 있는 곳에서 보면 호마 연기로 여겨져 마치 약사여래불의 두상에서 후광이 번쩍인 것처럼 보였던 거야. 그와 동시에 강렬한 정신 응집이 일어난다는 것은 심리학적으로 당연한 추이에 지나지 않지. 조만간 도솔천(兜率天)에서 겁화(劫火: 세계가 파멸하는 괴겁(壞劫)의 종말에 일어나서 세계를 다 태워 버리는 큰불 : 역자주)가 내려와서 약사여래의 단죄가 있을 것이라는 의심과 걱정을 예민한 막처럼 한 장 남겼을 뿐, 다이류의 정신 작용을 관장하는 빈사의 생체 조직 모두가 일제히 작업을 중지하고 말았던 거야. 그리고 이 상태는 낮고 끊길락 말락 한 독경 소리와 함께 아마 수 십 초 동안 지속되었을 거야. 그 사이에 구리야가와 군은 배후에 가려져 보이지 않는 곳으로 돌아가서 간신히 들리는 경문의 창구(唱句: 읽는 구)를 가만히 세면서 마지막으로 ― 살인 도구를 가장 효과적으로 사용할 수 있게 될 ― 한 절(節)에 도달하기를 기다리고 있었어. 그것은 말할 것도 없이 그때 다이류가 소리 내어 읽고 있던 『비밀삼매즉불념송(秘密三昧即仏念誦)』, 구리야가와 군이 평소부터 잘 알고 있는 것이었지. 대체로 경문에는 불에 관한 글자가 상당히 많아서, 반드시 그렇다고 볼 수는 없지만, 그『비밀삼매즉불념송(秘密三昧即仏念誦)』은 아마 다 외울 정도로 귀에 익은 것이었겠지. 그래서 센코하나비(線香花火)를 태우는 데에 필요한 적절한 시간도 미리 착오 없이 목표로 한 한 절을 기초로 산출할 수 있었던 거야. 드디어 그 시간이 되었는데 갑자기 다이류의 비장한 황홀이 클라이맥스에 이르더니 완전히 현실로부터 이탈되고 만 거지. 그와 동시에 흉기가 떨어지게 된 거고. 그런데 그 1절이라는 것은 경상 위에 펼쳐져 있던『오장백륙십심등삼중적색망집화(五障百六十心等三重赤色妄執火)』라는 한 구(句)인데, 그 창구가 끝난 순간 갑자기 다이류의 두상에 적색망집화(赤色妄執火)가 내려온 거야. 그 이유는 배후에서 구리야가와 군이 바로 그 빨간 통 제등을 다이류 두상에 씌우고 그것을 조금씩 조여갔기 때문이야. 다이류의 그 당시 상태로는 식별할 수 있는 방도가 전혀 없었지. 그리고 제등의 크기가 점차 줄어들면서 망집(妄執)의 불은 조금씩 짙어져 간 거야. 물론 다이류는 그 순간 화형이라고 직감했을 수도 있지만, 그것을 반복할 여유도 없이 오로지이 무서운 기호로 인해 취약해진 뇌 조직이 순식간에붕괴되고 말았던 거야. 그러나 그것이 초자기최면상태였는지 혹은 매혹성(魅惑性) 정신병 발작에서 최초수 분간 나타나는 경직성 의식 혼탁 상태였는지, 어느 쪽이든 그 점은 지극히 불분명하기는 하지만……,아무튼 이렇게 해서 구리야가와 군의 침해 조직은 마침내 마지막 피리어드를 찍을 수 있었고 의식과 모든감각을 박탈하는 데 성공하게 된 거야. 즉 그 결과로실현된 괴이한 시신 제작이 다이류의 대뇌를 구리야가와 군이 이론적으로 왜곡하고 변형시켜 간 결론이었다는 거야."

그리고 통 제등이 무엇을 한 것인지, 노리미즈의 설명은마지막 단두대(斷頭臺; 기요틴)에 도달해 있었다.

노리미즈: "그래서 구리야가와 군은 툭 늘어진 염주를 합장하고 있는 양손에 휘감아 두고 미리 예리하게 잘 갈아 둔 제등 철심을 두정부(顚頂部, 장구리)에 대고 그것을 혼신의 힘으로 밀어 넣었던 거지. 그러나 다이류

는 활활 타는 지옥의 업화(業火)와 보살의 광대무변 (廣大無辺; 넓고 커서 끝이 없는 것 : 역자주)한 법력을 단지 일순간 느꼈을 뿐, 그대로 미동도 하지 않고 고통 없 이 자각이 없는 상태로 죽어간 거야. 구마시로 군, 그 '뇌 조직 침해법'이 자네가 말하는 기구(機構)였다는 것을 알 수 있겠지? 그리고 내가 그 기구와 살인 도구 를 연결하는 이상한 모형의 톱니바퀴라고 한 것은 다 름 아닌 바로 그 통 제등이었던 것이고."

구마시로: "그런데 어떻게 그것이라는 것을 알아냈지?"

구마시로는 참았던 숨을 '후유'하고 뱉어내며 땀을 닦았다.

노리미즈: "그 하나는 구리야가와 군이 센코하나비(線香花火) 와 월광보살상 사이에 뭔가 칸막이로 막아두는 것을 깜빡 잊고 있었기 때문이야. 센코하나비(線香花火)는 질산칼륨과 철분과 송연의 혼합물이니까. 그리고 철 분은 솔잎불 상태로 공기 중에 나오면 산화해서 모퉁 이가 동그랗게 되지. 또 하나는 수학적인 기호야. 그 이유는 제등의 꼭지쇠와 다이류의 머리 치수 때문인

데, 찔린 상처 흔적과 철심이 양쪽의 원심에 해당하기 때문이지. 물론 잘 깎은 승려의 머리라면 봉합 부분의 위치가 대략 감이 잡히겠지만. 그리고 거기에 우연의 일치가 있었던 것을 구리야가와 군이 발견한 거야. 다카무라(喬村) 군과 구타(空陀)의 체구가 피해자와 흡사하다는 것과 야나에와 기예천(伎藝天)이 서로 닮았다는 것 등도 분명 자연의 짓궂은 장난임이 틀림없어. 물론 겐파쿠도(玄白堂)의 판자벽에 있던 3개의 구멍도 그가 공들인 것 중 하나에 지나지 않지만 말이야."

구마시로: "듣고 보니 그렇군."

  구마시로는 끄덕이며 눈으로 계속하라고 말했다.

노리미즈: "그런데 여기까지 알게 되면 시신의 숨이 끊어지기 전의 경직 상태가 그대로 지속되었다는 것이 확실해져. 사실 염주의 긴박(緊縛; 바싹 죄어 묶는 것 : 역자주)을 풀고 중심을 잡았기 때문에 마침 기도 중의 그 모습을 유지할 수 있었던 거야. 게다가 촛농을 받는 접시가 딱 덮혀 있어서 유혈이 거의 화산 모양으로 응

결되고 만 거지. 그런데 그러고 나서 약사당 문을 열어 두고 제등을 켜서 목격자를 만든 것은 분명한데 말이야. 규하치가 지나간 것을 확인하고는 이번에는 다이류의 비가 안 올 때 신는 나막신을 신고 좌상(坐像)의 시신을 겐파쿠도로 옮겨놓은 거야. 즉 하제쿠라 군이 조금 홈이 깊다고 한 것은 그때의 발자국을 말하는 것인데, 돌아올 때는 맨발로 돌 위에서 왼쪽 벽 가까이 까지 뛰었던 것이고, 그 발자국은 곧바로 연못 홈의 둑을 열어서 지운 거야. 그렇게 구리야가와 군은 범행을 완성했던 거야."

구마시로: "그렇군, 그걸로 제등 불을 켠 이유를 설명할 수 있겠군."

노리미즈: "음, 하마터면 감쪽같이 속을 뻔했지. 너무나도 자연스러운 은폐 방법이라서 말이야."

노리미즈는 낯간지러운 듯이 쓴웃음을 지었다.

노리미즈: "여하튼 피에 물든 곳은 철심에서 촛농을 받는 접시의 안쪽에 걸쳐 있었을 뿐일 거야. 따라서 그 부분

을 닦았다고 해도 나중에 초를 철심이 보일 때까지 태울 테니까, 끝이 날카롭고 뾰족한 창끝에서 아래쪽으로 생긴 부자연스러운 부분은 흐르는 촛농으로 전부 감춰지게 되는데, 그것을 늘어뜨려 놓아서 사람 눈에 띄게 한 것은 교활한 교란 수단에 불과한 거야."

구마시로: "그럼 둑을 터뜨린 것도 구리야가와 군이려나?"

노리미즈: "맞아. 규하치가 당 앞을 지나가는 것을 보고는 곧바로 등을 끄고 연못가로 나간 거야. 그것은 다카무라(喬村) 군과 야나에(柳江)가 매일 밤 만나는 것을 알고 있어서 그것을 이용해서 우리의 시선을 다카무라 군 쪽으로 돌리려고 했기 때문이야. 구리야가와 군은 우선 규하치가 키우던 개의 사슬을 풀어 연못가에서 두고 그 울음소리로 규하치를 유인했지. 그 다음에 건너편 연못가에서 센코하나비(線香花火)를 사용한 거구. 미리 혈분(血粉; 짐승의 피를 말려서 굳힌 질소 비료 : 역자주)을 섞은 것을 하나 만들어 놓고 거기에 불을 붙인 것인데, 혈분이 녹아 속잎불이 생기지 않고 불덩어리가 되어 연못 속에 떨어진 거야. 즉 그것이 다 피운 담

배를 버렸다는 바로 그 목격담의 정체인 거지. 하지만 그때 구리야가와 군은 미리 예상을 하고 점심때 물에 넣어둔 한 송이의 레세타바스(木精蓮)속에 떨어뜨려 둔 거지. 그렇게 피의 악취를 맡으면 거머리가 모여들고. 거기에 둑을 열어 수면을 낮추어 놓았기 때문에 아침이 되어도 거머리가 남아 있었던 거야. 겐파쿠도 안의 발자국을 지우는 것 말고도 구리야가와 군에게는 이런 음모가 있었던 거지. 아마 나를 목표로 계획했던 일이었겠지만, 사실 나도 다카무라 군의 그림자를 도저히 완벽하게 지울 수가 없었어."

노리미즈는 사쿠오에게 돌아서서 계속했다.

노리미즈: "그런데 자네는 왜 다카무라 군을 함정에 빠뜨리려고 한 거지? 다이류를 살해한 동기는 또 뭐고? 아무리 나라도 자네의 마음속의 비밀만은 알기가 어렵군."

사쿠오는 붙잡힌 범죄자라고는 도저히 볼 수 없는 아주 맑은 눈동자로 담담하게 말했다.

구리야가와: "나는 아버지의 복수를 한 것입니다. 아버지는

다이류와 넨가주쿠(年雅塾;학교, 학원) 동문이었는데, 관전(官展; 일본 정부가 주최하는 미술 전람회 : 역자주) 출품의 당선을 겨룰 때 다이류는 비겁하게 암중비약(暗中飛躍; 남모르게 몰래 책동하고 암약하는 것 : 역자주)을 하여 아버지를 낙선시키고 자기가 당선되었습니다. 아버지는 그것을 마음에 두고 끙끙 앓다가 정신병원에서 생을 마치고 말았습니다. 따라서 자식인 저는 무슨 일이 있어도 눈에는 눈으로 복수해야 한다고 생각했습니다. 그리고 다카무라를 끌어들인 특별한 이유 같은 것은 없습니다. 그냥 동기라고 보이는 행위를 계속했기 때문에 그것을 이용한 것에 지나지 않습니다."

말을 마치자마자 사쿠오는 갑자기 몸을 돌려 뒤에 있는 배전함(配電函; 캐비닛) 쪽으로 달려갔다. 유리가 '펑'하고 부서지고 그와 동시에 노리미즈는 눈을 질끈 감았다. 섬광이 눈꺼풀을 관통하고 쪼개지는 듯한 비명소리가 들렸다. 순식간에 실내는 털이 타는 냄새로 충만했고, 마치 물밑과 같은 정적만이 감돌 뿐이었다. 관자놀이가 고압 전류에 감전되어, 이 젊은 복수자가 다시 살아나는 일은 없었다.

III

성 알렉세이 사원의 참극

聖アレキセイ寺院の惨劇

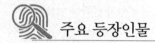

■ **노리미즈 린타로**(法水麟太郎)

추리의 깊이와 초인적인 상상력에 의해 불세출의 명성을 얻은 전 수사국장으로 지금은 전국 굴지의 형사이자 변호사이다.

■ **하제쿠라**(支倉)

검사. 라자레프의 죽음에 관해 자살설을 주장한다.

■ **구마시로 다쿠키치**(熊城卓吉)

수사국장으로 라자레프의 죽음에 관해 루킨에 의한 타살설을 주장한다.

■ **야로프·아브라모비치·루킨**

난쟁이 러시아인. 37, 8세 정도. 요세(寄席)의 곡예 연예인으로 무대에서의 이름은 난쟁이 마시코프. 라자레프의 양녀인 지나이다와의 첫날 밤에 수수께끼의 위조 전보를 받고 불려나갔다가 돌아오는 길에 노리미즈 일행과 우연히 만나게 된다.

■ **프리스찬·이사구비치·라자레프**

이번 사건의 피해자로 러시아인. 지나야와 일리야의 양아버지. 예전에는 키에프의 성자라고도 불린 신부였는데 본국의 혁명에 충격을 받고 성직을 버리고, 탐욕스럽고 인색한 성격으로 변하고 말았다.

지노비에프의 서한(書翰)을 위조한 후, 동지들과 불화를 일으키고 일본으로 건너온다. 여기에서는 빈곤층으로부터 착취하고 있었고 누군가에게 기도를 찔려 묘한 자세의 변사체로 발견된다.

■ 지나이다

라자레프의 양딸. 일리야의 언니로 루킨의 약혼자이다.

■ 일리야

라자레프의 양딸로 지나이다의 언니.

성 알렉세이 사원의 참극

聖アレキセイ寺院の惨劇

0.

　성 알렉세이[24] 사원. 세상에서는 성당이라고 불리는 이 니콜라이 성당[25]과 똑 닮은 천주교의 대가람(大伽藍)이 잡목림에 둘러싸인 도쿄의 서쪽 교외 I 구릉 지역에 R 대학의 시계탑과 높이를 다투며 우뚝 솟아 있는 것을⋯⋯, 그리고 새

---

24) 알렉세이[(러시아어) Алексей / (라틴 문자 전사 예) Aleksei, Alexei, Alexey) :
　　러시아어의 남성 이름. 알렉시스(Alexis), 알렉시오스(Alexios) 등에 대응한다.

25) 니콜라이성당 : 도쿄(東京)도(都) 치요다(千代田)구(区)에 있는 일본 그리스도
　　정교회 부활 대성당의 통칭. 1891년 니콜라이에 의해 창립되어 이 명칭으로
　　불린다. 돔의 성당 꼭대기까지의 높이 35미터, 종루가 있어 아름답다.

벽 7시와 저녁 4시에 맑고 또렷하게 울려 퍼지는 음악과도 같은 종소리를 아마 독자 여러분께서는 한 번쯤 들어보셨으리라 생각한다.

이야기를 시작하기에 앞서 사원의 유래를 간략히 서술해 두겠다. 1920년 10월 극동 자위군의 총수 아타만·아브라모브 장군이 로마노프조 마지막 황태자에게 영원한 기억(메모리)을 위해 바친 것이 바로 이 어마어마한 궁성이었다. 그리고 1922년 11월까지 휘황찬란한 주교(主敎)의 법복과 번거로운 의식에 지켜진 신성한 2년간, 이 성당에서 기밀 지령이 발령될 때마다 건설 중이었던 모스크바의 신경을 건드리는 하얀 공포가 사회주의 연방의 곳곳에서 피어나고 있었다. 그러나 사태가 급변하여 일본군의 연해주 철수를 계기로 극동 백계(白系)의 몰락이 시작되고 눈 깜짝할 사이에 백계(白系) 러시아[26] 궁민(窮民: 생활에 곤란을 겪고 있는 백성 : 역자주)들의 무료 숙박 시설로 사용되기 시작했다. 한때는 성당에 넘치던

---

26) 백계(白系) 러시아 : 1917년 러시아 혁명 때 혁명을 반대한 러시아인의 한 파(派). 혁명 당시 좌익적인 파가 붉은색을 그들의 상징으로 삼고, 보수적인 반대파는 흰색을 그들의 상징으로 삼은 데에서 이렇게 불리게 되었다.

망명자(이주자)들도 얼마 후 한 사람 두 사람 일본을 떠나갔고 지금은 당지기(성당 등을 맡아 지키는 사람 : 역자주) 라자레프 부녀와 성상(聖像; 아이콘)만이 남아 있을 뿐이다. 이에 따라 기도를 알리던 종소리도 고풍스러운 시계종으로 바뀌었고, 소소한 기부를 청하며 돌아다니는 노(老) 라자레프의 모습을 가끔 노상에서 발견할 수 있었다.

이렇게 성 알렉세이 사원의 이름이 백계 러시아인의 비운과 패배의 상징에 지나지 않게 되고, 장밋빛으로 빛났던 돔 위에는 정치적, 군사적으로 명맥이 완전히 끊긴 로마노프의 독수리가 결국 거대한 시신을 눕히게 되었던 것이다. 마침 그때 이 잊혀져 가던 여진(余燼; 타다 남은 불기운 : 역자주)에 활활 불길이 치솟아 오른 것은 황폐해진 이 성당에서 처참한 살인 사건이 일어났기 때문이다. (독자는 다음 페이지의 그림을 참고하며 읽어 주시기 바란다.)

〈성당 그림〉

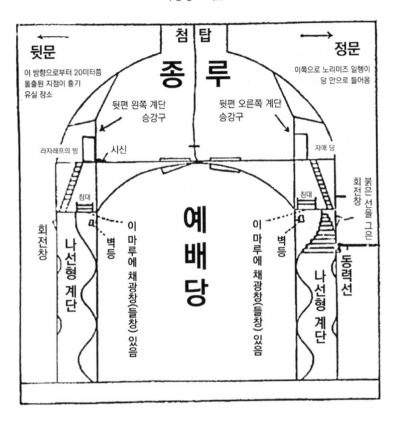

뒷문 ← 첨 탑 정문 →
종 루

이 방향으로부터 20미터쯤
돌출된 지점이 흉기
유실 장소

이쪽으로 노리미즈 일행이
당 안으로 들어옴

뒷편 왼쪽 계단
승강구

뒷편 오른쪽 계단
승강구

라자레프의 빙

사신

자매 당

회전창

회전창

침대

침대

붉은 선을 그은

나선형 계단

벽등

이 마루에 채광창(들창) 있음

예 배 당

이 마루에 채광창(들창) 있음

벽등

나 선 형 계 단

동력선

1.

 추리의 깊이와 초인적인 상상력으로 불세출의 명성을 얻은 전 수사국장, 지금은 전국 굴지의 형사이자 변호사로 활약중인 노리미즈 린타로(法水麟太郎)는 통상 수사 당국이 몹시 난항을 겪고 있을 때 등장하기 마련인데 이 사건에 한해서는 처음부터 관여하게 된다. 그 이유는 그의 친구인 하제쿠라(支倉) 검사의 자택이 성당 부근에 있었고 이 사건에 실로 섬뜩한 징후가 엿보였기 때문이다. 성당의 종은 단속으로 인해 일정 시각이 아닐 때는 절대로 울리지 않는데, 몸이 얼어붙을 듯한 1월 21일 새벽 5시의 공기에 미약한 진동이 전해진 것이었다.

 단 1, 2분 사이에, 그것도 아주 낮고 음울하게 울렸는데 그 소리가 우연히 화장실에 간 검사의 귀에 들어왔다. 그때 예리하고 날카롭고 날렵한 검사의 신경에 순식간에 와 닿는 것이 있었다. 그것은 1919년 백계 러시아인 보호 청원에서 특히 그 중에, 당시 적계(赤露; 공산주의화된 러시아 : 역자주)

비상위원회(체카[27])의 간첩(스파이) 무리가 백계 거두 암살 계획에 대비하여 정해진 시각이 아닐 때 울리는 종을 이변(異變)의 경보로 한다는 조항 때문이었다. 하제쿠라 검사가 즉시 부근의 노리미즈에게 전화를 걸어 성당 앞에서 두 사람은 만나게 되었다. 전날 저녁때부터 시작된 돌풍을 동반한 진눈깨비가 밤중 무렵에는 바람이 잦아들기 시작하면서 지금은 완전히 그친 상태였지만 여전히 두꺼운 눈구름 층에 가려서 하늘 어디에도 빛은 보이지 않았다. 그 속을 걸어가던 중에 노리미즈는 정문 근처에서 수상한 물체와 맞닥뜨린 것이다. 작은 사람 모양을 한 새까만 덩어리가 불쑥 골목에서 굴러 나왔고 노리미즈는 거의 반사적으로 '누구냐' 하고 소리쳤다. 그 사람 모양을 한 물체는 웅크린 채 움직이지 않았다. 그렇게 잠시 거친 호흡 소리가 들리는가 싶더니 이윽고 성큼성큼 다가왔다. 먼저 신장 3자 5치(약 107센티) 정도로 보이는 어린이가 노리미즈 눈에 비쳤는데, 다음 순간 의외로 폭이 넓고 낮은 소리의 베이스 음색이 들려왔다. 그것도 매우 차분하고 유창한 일본어로.

---

27) 체카(러시아어) Cheka] : 1917년 소비에트 정권이 설립한 비밀경찰로 1922년에 폐지되고 후일 게페우(G.P.U.)로 개편된다.

루킨: "예, 저는 야로프·아브라모비치·루킨이에요. 러시아사
람이구요. 무대 이름은 난쟁이 마시코프라고 해요.
요세(寄席; 사람을 모아 돈을 받고 재담(才談)·만담(漫談)·야담
(野談) 등을 들려주는 대중적 연예장 : 역자주)의 곡예 연예인
입니다."

노리미즈: "아, 난쟁이 마시코프!"

　노리미즈는 예전에 그를 요세(寄席) 무대에서 본 기억이
있었다. 특히 강한 인상은 역도 선수처럼 기형적으로 발달
한 상체와 섬뜩할 정도로 커다란 얼굴과 사지의 소지자로,
어깨 둘레에는 둥근 근육 덩어리가 낙타의 혹처럼 여러 개
가 불거져 있었다. 나이는 노리미즈와 비슷한 37, 8세가량
으로, 혈색이 좋은 외국인 풍의 둥근 얼굴과 벗겨진 이마로
인해 언뜻 보기에는 온화한 상인 모습의 용모이지만, 눈만
은, 가로로 긴 눈이 호야리(穗槍; 끝이 날카롭고 '호(穗); 창날 부분'
의 가운데가 폭이 넓은, 창날이 곧고 덧가지가 없는 창 : 역자주) 모양으
로 뾰쪽하고 날카로웠다.

　그때 두 사람을 발견하고 다가온 하제쿠라 검사가 갑자기

뒤에서 말을 걸었다.

하제쿠라: "도대체 왜 이런 시각에 이런 데에서 배회하고 있는 거지? 나는 지방 재판소의 검사인데."

루킨: "실은 당치도 않은 못된 장난을 친 놈이 있어서요."

허를 찔려 멈칫하며 뒤돌아본 모습이었지만 루킨은 비교적 태연하게 대답했다.

루킨: "황제(차르)에게 바치는 충성 외곬만으로 살아왔는데요, 멍청하게 위조 전보에 속는 바람에 애석하게도 첫날밤을 헛되이 보내고 말았어요."

하제쿠라: "첫날 밤(初夜)?!"

하제쿠라 검사는 그 말에 이끌려서 반문했다.

루킨: "그렇습니다. 불구인 제 신부는 이곳 당(堂)지기인 라자레프의 큰딸 지나이다입니다. 물론 우리에게는 식 같은 것은 없었지만, 드디어 첫날밤이 시작되려는 순간이었습니다. 한 11시경이었을까요? 얄궂게도 갑자

기 동지(同志)로부터 전보가 날라와서는 2시까지 고토쿠지 역(豪徳寺駅) 부근의 뇌병원(腦病院; 정신과병원; 지금의 정신과병원의 옛 명칭으로, 최근의 뇌신경외과병원을 가리킨다 : 역자주) 뒤로 오라는 거예요. 그러나 저는 침실의 환락보다도 동지의 제재 쪽이 걱정이 되었어요, 그래서 마지못해 나가게 된 거예요."

하제쿠라: "동지라니?"

검사는 직업상 귀에 거슬려 캐물었다.

루킨: "새로운 백계(白系) 정치결사입니다. 게다가 리포터(reporter; 좌익 운동의 연락원 : 역자주)인 저는 선천적으로 완벽한 은신술을 타고났거든요. 이런 것쯤은 공공연히 말씀드려도 무방하겠지요?"

루킨은 거만하게 지사(志士)인 체하며 몸을 뒤로 젖혔다.

루킨: "어쨌든 당신네 나라로부터 상당한 원조를 받고 있으니까요. 무서운 것은 GPU(게페우)[28]의 간첩망뿐이에요."

---

28) G P U(게페우)[러시아어 Gosudarstvennoe Politicheskoe Upravlenie] :

노리미즈: "듣고 보니 그렇군. 트로츠키(Trotskii, Leon)[29]가 당
　　　　나귀의 뇌수라고 말할 만한 가치는 있는 것 같군."

　노리미즈가 빈정거리며 웃자 루킨은 다소 불쾌한 듯한 얼
굴로 다음 이야기를 계속했다.

루킨: "그런데 웬걸요? 진눈깨비 속에 2시간 남짓 서 있어도
　　　정신과병원 뒤에는 그 누구 하나 오지 않는 거에요.
　　　그제서야 그 전보가 저의 행복을 질투한 악당의 짓이
　　　었다는 것을 알았습니다. 그리고 걸어서 돌아올 수밖
　　　에 없었구요."

노리미즈: "하지만 자네는 그렇게 피곤한데도 지금 내 앞에
　　　　는 총알처럼 튀어나왔잖나?"

　노리미즈가 내뱉듯 말했다.

　소련 국가정치보안부의 약칭. 반혁명운동의 단속을 임무로 한 비밀경찰.
　1922년에 설치되어 1934년에 내무 인민위원회에 흡수되었다.

29) 트로츠키(Trotskii, Leon) : 러시아의 혁명가. 남 우크라이나의 유대인의
　　부유한 이식 농민의 자식으로 태어났다. 소련 공산당 지도자로 나중에 반
　　스탈린주의자의 이론 및 운동의 지도자.

루킨: "종소리를 들었기 때문입니다. 우리 동지 사이에서는 시각이 아닐 때 울리는 종을 변고의 경보로 생각하고 있거든요."

루킨은 애가 타는 듯 몸을 비틀며 떨리는 목소리로 말했다.

루킨: "울렸나 싶더니 금방 멈춰 버렸어요. 그 약하고 약한 소리를 생각하면 왠지 모르게 저는 종을 치게 하는 밧줄을 제삼자에게 방해받은 것 같다는 생각이 들어서요. 즉 이미 이루어진 변고의 발견이 아니라 이변의 진행 중에 울려진 구조 신호가 아니었나 하는 생각이 들었어요. 게다가 저는 이미 그 전에 위조 전보를 듣고 나와 있었던 거구요."

하제쿠라: "가자!"

검사는 참다못해 큰소리로 외쳤다.

하제쿠라: "그렇군, 까마귀나 소리개 정도로는 저 종은 꿈쩍도 안 한다고!"

수상한 난쟁이 루킨의 출현은 그때까지 우습게만 여기고

있었던 노리미즈의 종소리에 대한 생각을 일변시켰다. 그리고 그는 처참한 분위기 속에서 한 걸음을 내디뎠다는 생각이 들었다. 적어도 종소리와 난쟁이가 우연의 봉착만이 아니라면 인과관계의 결론으로서 어떤 형태로든 간에 성당 안에 남겨진 것이 있어야 한다. 얼어붙은 땅이 버스럭버스럭 깨지고 그 아래에서 녹은 눈의 물이 사정없이 튀어 올랐다. 머지않아 몇백 개나 되는 고드름으로 박하당(薄荷糖: 설탕을 굳혀 박하의 향을 붙인 과자 : 역자주)처럼 화려하게 꾸며진 성당 전경이 어둠 속에 어슴푸레하게 나타났다.

출입구의 손잡이를 돌려 보니 열쇠가 채워져 있었고 루킨은 검사를 쳐다보며 이렇게 말했다.

루킨: "한 번 거기에 매달려 있는 밧줄을 끌어당겨 보세요. 그것으로 울리는 딸랑이가 아버지와 딸 모두의 방에 있으니까요."

그러나 검사가 열심히 당기는 딸랑이에 대해 안에서는 누구 하나 반응하는 사람이 없었다. 안에서 울리는 소리가 밖에 있는 그들에게도 분명히 들을 수 있었기 때문에, 이제나저제나 하고 기다리는 사이에 상당한 시간이 지나가고 말았다.

하제쿠라: "보통일이 아니군."

어금니를 아드득 거리며 하제쿠라 검사는 밧줄을 놓았고 노리미즈는 그 손에 여벌 열쇠 다발을 쥐어주었다. 그리고 일곱 번째 만에 간신히 열쇠가 맞아 문이 열렸다.

노리미즈의 빈틈없는 사려는 재빨리 계단을 뛰어 올라가려는 두 사람을 만류하고 먼저 하제쿠라 검사에게 입구에서 망을 보게 한 뒤 자신은 루킨을 데리고 아래층 방들을 조사하기 시작했다. 황폐해진 채로 방치된 예배당은 폐허와 같은 풍경이었다. 둥근 천장 아래에는 열 개 정도의 성상(星像, 아이콘)이 있을 뿐 황금빛 찬란한 천주교의 성물 부류는 온데간데없이 장식으로 만든 박(箔)이 벗겨진 흔적도 군데군데 남아 있었다. 노리미즈의 조사는 화장실과 급조된 취사장을 끝으로 종료되었지만, 그 어디에도 사람의 그림자는커녕 수상하게 여길만한 곳은 발견되지 않았다.

하제쿠라 검사가 있는 문가로 돌아온 노리미즈는 종루로 나가는 왼쪽 계단으로 올라갔고 검사와 루킨은 오른쪽 계단을 올라갔다.

루킨: "이것을 풀 수가 없어요."

천천히 우회하면서 뻗어 있는 계단 중간의 벽에 켜져 있는 등을 보고 루킨이 말했다.

루킨: "문밖에서 보았을 때 밝은 창이 하나 있었지요? 그것은 이쪽 회전창을 통해 본 바로 이 벽 등의 빛입니다. 켜진 채로 있다니, 이것은 라자레프 구두쇠가 미친 게 아니라면 전혀 있을 수 없는 일이거든요."

그때 하제쿠라 검사가 루킨의 소매를 잡고 조용히 천장 마루를 가리켰다. 거기에는 유리 채광창이 열려 있었고, 키가 큰 검사의 눈에 여자 두 사람의 맨발이 보였다. 침대에 나란히 앉아 있는 것 같았다. 루킨이 두서너 계단을 뛰어 올라가 말한다.

루킨: "아! 그림자가 움직였습니다. 그렇다면 자매한테는 별 이상이 없다는 말이지요. 아이고 맙소사, 당치도 않게 소란을 피웠네요. 종소리 같은 데에도 의외로 대단치 않은 원인이 있었던 것인지도 모르겠네요."

하제쿠라: "그런데 일어나 있었으면서 아까는 왜 대답하지
          않았을까?"

검사는 납득이 안 된다는 듯 중얼거렸지만, 루킨은 왠지
급히 당혹스러운 표정을 짓고는 이에 대한 대답은 하지 않
았다.

종루는 완전히 암흑이었다. 위에서 얼어붙은 바깥 공기가
묵직한 안개처럼 내려와 있었다. 두 사람 앞 아득한 저편에
는 둥근 모양의 붉은 빛 속에 판벽(板壁)의 널빤지가 끊임없
이 보이고 노리미즈가 들고 있던 회중전등이 어지럽게 계속
선회하고 있었다. 그것이 얼마 후 한 점으로 모이자 루킨은
'아!' 하고 큰소리로 외치며 우당탕 뛰어서 다가갔다. 절반
쯤 열린 문 사이에 장신에 마른 몸집의 백발노인이 상반신
을 앞으로 구부린 채 엎드려 아래턱을 흐르는 핏속에 묻고
있었다.

루킨: "아, 라자레프!"

루킨은 털썩하고 양 무릎을 꿇고 가슴에 성호를 그었다.

루킨: "프리스찬·이사구비치·라자레프가……."

2.

하제쿠라: "죽은 거야?"

하제쿠라 검사가 한쪽 무릎을 세우고 앉자, 노리미즈는 시신 왼손을 툭 떨어뜨리며,

노리미즈: "응, 목을 찔렸네. 흉기가 시신 부근에 없으니 명백한 타살이야. 게다가 이렇게 온도가 낮은데 아직도 체온이 남아 있고 경직이 막 시작된 것 같으니, 사망은 아마 4시 전후가 되겠고. 그 1시간 후에 종이 울렸던 거군."

이라고 말한다. 그리고 루킨에게, 스위치가 어디에 있느냐고 물었다.

루킨: "아뇨, 종루에는 전등 설비가 없어요. 아, 그리고 자매에게는 별 이상은 없는 것 같네요."

하제쿠라: "그게……, 깨어 있었다는 것이 좀 이상하지 않아?"

검사가 끼어들었다.

하제쿠라: "딸랑이 소리를 듣고도 대답하지 않은 것은 어쩌면 자매는 이 사건에 관해 알고 있어서 우리한테 묘한 오해를 하고 있는 건지도 몰라."

노리미즈: "어쨌든 그것은 별일 아니지만, 전등이 없다니 날이 밝을 때까지 기다릴 수밖에 없겠군."

노리미즈는 느긋하게 말을 내뱉고는 곧바로 검사에게 수배를 의뢰하고, 경찰의(警察医; 경찰로부터 위촉을 받아 의료 업무나 검시 등에 종사하는 의사 : 역자주)와 본청 과원 이외에는 구내에 들어가지 못하게 해 달라는 부탁의 말을 덧붙였다.

그러고 나서 30분 후에 하제쿠라 검사가 경찰의를 데리고 올라올 때까지의 시간은 암흑 속에서 시신을 사이에 두고 두 사람이 한 무언(無言)의 계행(戒行)과 같은 것이었다. 다만 루킨이,

루킨: "음······. 역시 세르게이 바실렌코(Vasilenko)군. 그 녀석 참 가엾게도."

라고 어렴풋이 중얼거리기만 했다. 그것을 노리미즈가 반문하려고 했을 때, 계단을 오르는 발소리가 들렸다. 그러나

이미 그때는 탑 윗부분으로부터 여명이 시작되어 종루의 윤곽이 가물가물 어슴푸레하게 드러나기 시작했다.

노리미즈: "위에 있는 작은 종은 어두워서 보이지 않고, 아래에 있는 큰 종 2개만 보이는군."

경찰의가 시신을 검안(檢案)하고 있는 쪽은 쳐다보지도 않고 노리미즈는 위를 향해 혼잣말을 했다.

노리미즈: "마루에서 돔 정상까지가 한 5미터 정도 될까? 종까지의 거리도 비슷할 것 같군."

루킨: "그렇습니다."

루킨이 맞장구를 쳤다.

루킨: "종은 전부 첨탑(尖塔; 뾰족탑) 꼭대기에 있는 움푹 팬 곳 안에 들어 있고 큰 종의 아래쪽 부분이 탑의 창에 살짝 드러나 있어서 어떤 폭풍이 불어도 꿈쩍도 하지 않습니다. 2개의 큰 종 위에 작은 종이 8개 있는데요, 밧줄을 당기면 먼저 작은 종이 울리고 이어서 큰 종에 울리게 되어 있습니다. 그리고 종의 가로축을 지

탱하고 있는 철봉은 꼭대기까지 뻗어 있고 큰 십자가
에까지 이어져 있어요."

노리미즈는 시험 삼아 밧줄을 당겨 보았다. 종은 양손으
로 간신히 끌 수 있을 정도의 중량이었는데, 과연 루킨이 말
한 대로 처음에는 작은 종이 밝고 환한 수정과 같은 음향을
내고 이어서 장엄한 큰 종의 소리가 섞였다. 그는 종이 울리
는 순서가 불변의 기계장치에 의한 것, 두 개의 큰 종이 서
로 반대 방향으로 교대로 진동한다는 것 등을 알 수 있었다.
잠시 후 숨이 하얀 연기처럼 보이기 시작했고 이번에는 루
킨의 복장이 눈에 들어왔다. 모자 외투에 바지까지 모두 표
면에 고무를 입힌 방수복을 입고 있었고 게다가 전신이 흠
뻑 젖어 있었다.

곧 경찰의의 보고가 시작되었다.

경찰의: "사후 약 2시간 반 정도 되었을까요? 흉기는 서양식
단검이에요. 상처는 환상연골(반지연골; 환상연골(環狀軟
骨)은 반지연골(半指軟骨)의 구 명칭이다. 반지연골(半指軟骨)
은 고리처럼 생긴 후두의 아래쪽 끝에 있는 물렁뼈 : 역자주)의

왼쪽 2센티 미터 정도 부근에서 처음에는 칼을 세로로 세워 도려내면서 비스듬히 위로 쳐올리고 있구요, 기도는 수평의 칼로 관통되었습니다. 그리고 경추골(頸椎骨; 척추뼈 가운데 가장 위쪽 목에 있는 일곱 개의 뼈 : 역자 주) 두 번째 척추 부근을 스친 곳이 상처의 밑바닥이라고 보시면 됩니다."

그러한 설명에 일일이 고개를 끄떡이면서 노리미즈는 시신의 부자연스러운 모습을 지그시 내려 보고 있다. 시신은 잠옷 위에 다갈색 외투를 걸치고 있었고 허리가 기묘하게 비틀어진 것처럼 쭈그린 채 상반신을 숙이고 엎드려 있었다. 양손은 물소 뿔 같은 형태로 앞쪽으로 내던진 모양이다. 손가락은 전부 갈고리 모양으로 굽어져 꺾여 있었다. 그 상처 부위 아래는 흘러나오는 피가 호수처럼 괴어 있다. 그러나 거기에는 주위 바닥에서 문 안쪽까지 소량의 피보라가 튀어 흩어져 있을 뿐, 어디 한 곳도 흐트러진 곳은 없다. 그것으로 격투의 자국은 물론 시신이 찔린 후 움직인 흔적이 없는 것까지 명백하게 입증된다. 그 추정을 더욱 확고하게 하는 것이 양손의 손가락 끝부분인데, 거기에는 상처 부위를 누를 때 생기는 혈흔이 없었다. 결국, 종루에서는 그 장소 외에 부착한 혈흔의 존재가 발견되지 않았고, 흉기를 발견한 검사는 아무 소득도 없이 돌아갈 수밖에 없었다.

노리미즈: "도무지 이해가 안 되는군. 기관이 절단된 것만으로 그렇게 번개처럼 빨리 즉사할 리는 없는데 말이지."

노리미즈는 그렇게 중얼거리며 시신의 두 발을 잡고 힘껏 끌어올렸다.

노리미즈: "상처가 난 부분을 봐봐. 이런 방향으로 베는 것은 지금까지의 단검에 의한 살인에서는 일찍이 전례가 없었던 일이야. 게다가 너무 차분하고 교묘하게 경동맥(頸動脈; 대동맥에서 갈려 나와 목을 지나 머리나 얼굴로 피를 보내는 동맥 : 역자주)을 피해 단 한 번만 찔렀어. 또 이렇게 허리를 기묘하게 비튼 것을 보면 도대체 범인은 어떤 자세로 찌른 걸까? 도무지 짐작이 안 가는군. 그리고 안면이 이렇게 끔찍하게 뒤틀렸는데도 단 십몇 초 동안이라도 바닥 위에서 몸을 이리저리 뒤척인 흔적이 보이지 않아. 물론 손발에 경련의 흔적 같은 것

은 보이지만, 그것이 명확하게 겉으로 나타난 것은 없어. 그렇다면 하제쿠라 군, 자네는 이것을 어떻게 생각하는가?"

하제쿠라 검사는 대답하지 못했지만, 노리미즈가 지적하는 시신의 이상한 점들에 재빨리 이 사건의 깊숙한 신비가 드러나고 있는 듯한 생각이 들었다. 노리미즈는 시신의 양팔을 바라다보며 그것을 번갈아 잡아가며 뭔가 비교하는 것 같더니, 이어서 두 눈을 자세히 살펴보고는 출혈 흔적이 있는 것을 발견했다. 그다음 시신을 뒤로 잦혀 위를 향하게 했다. 그러자 가랑이 아래 부근에서, 딱 문지방에서 한 치 정도 내려온 곳에 해당하는데, 놋쇠로 만든 손잡이가 달린 촛대가 발견되었다. 그것은 지름 5치 정도의 주발 모양으로 퇴상(堆狀)화산 모양이었는데, 남은 초가 철심의 램프홀더(lamp holder)를 분화구처럼 부풀어 올려놓은 것이었다. 그리고 그사이에 한 개에 백 돈이나 하는 커다란 초에도 사용할 수 있을 만한 두꺼운 철심이 새까맣게 그을린 상태로 비쭉 튀어나와 있었고, 다 탄 심이 그 아래쪽에 옆으로 쓰러져 있었다. 그러나 손잡이가 달린 촛대가 있던 부근의 옷을 조사하니 탄 흔적은커녕 약간 수평으로 튀어나온 철심 자국 같은 것도 발견되지 않았다. 이것도 나중에 질러 넣은 것이 아니라는 것은, 바닥에서 손잡이 촛대 아래쪽에까지 희미하지만 피보라가 있는 점으로 알 수 있었다.

하제쿠라: "뭐야? 대단한 집념이네!"

손잡이가 달린 촛대를 놓고 노리미즈의 눈이 다시 시신의 양팔로 이끌려가더니 하제쿠라 검사는 묻지 않을 수 없었다.

노리미즈: "흐음, 왼쪽 팔이 안쪽으로 구부러져 있지? 자네는 곧 이것이 대단히 중대한 점이 된다는 것을 알게 될 거야."

노리미즈: "자네가 어젯밤 여기를 나올 때 이 초가 어느 정도 길이였는지 기억해?"

루킨: "글쎄요. 5푼 정도였던 것 같은데요. 그 후에 라자레프가 사용했을지도 모르고요. "

노리미즈는 곤란한 듯한 표정을 지었지만 금방 옷을 벗기고 시신의 전신을 조사하기 시작했다.

노리미즈: "살짝 분노를 지렸을 뿐, 외상은 물론 경미한 피하 출혈의 자국도 없군. 하지만 배의 복대 부분은 지폐 같은 형태로 볼록하게 부풀어 있고."

루킨: "이것입니다."

　루킨은 분한 듯이 말했다.

루킨: "이것은 라자레프의 유일한 취미예요. 수전노(샤일록; Shylock)[30]인 이놈은, 그래서 불쌍한 놈이에요. 전기 세를 얼마나 아끼던지. 자매 두 명 모두 어둑한 석유 램프 빛만 사용하게 했어요. 그것도 조금이라도 오래 켜두면 이 사람 아주 야단법석을 떨었드랬어요."

　시신의 검안을 마치고 노리미즈는 라자네프의 방에 들어 갔다. 그 방은 예배당 둥근 천장과 종루 마루에 끼인 빈틈을 이용한 사다리 모양의 방이었다. 문에 이어 2평 정도의 마루방이 있고 거기에서 사다리로 아래 침실로 내려가게끔 되어있다. 그곳에는 자매 방에서 본 것과 같은 채광창(들창)이

---

30) 수전노(샤일록; Shylock) : 셰익스피어 작 '베니스의 상인' 중의 인물로 욕심이 많은 유대인 고리 대금업자로 등장한다.

마루에 열려 있고 그 위를 두껍고 거칠게 짠 철망으로 덮고 있다. 이런 기묘한 구조를 보아도, 또 이 방의 존재가 외부에서는 전혀 상상되지 않는 것을 보아도 그 옛날 백계(白系) 러시아가 번창했을 때는 비밀용도로 사용되지 않았을까라는 생각이 들었다. 그러나 실내는 깨끗이 정리된 상태였고 결국 노리미즈는 어떤 것도 함부로 만질 수가 없었다.

그 후 건너편에 있는 딸들의 방으로 가는 길에서 하나의 발견이 있었다. 그것은 예배당의 둥근 천장에 해당하는 곳 중앙 마루 부분에 채색 유리의 채광창(들창)이 두 군데 열려 있고 거기에서 종을 흔드는 밧줄 아랫부분까지, 얼마 안 되는 양이었지만 뿜어져 나온 듯한 엉긴 피의 작은 흔적들이 산재해 있었다. 그러나 노리미즈는 그것을 힐끗 쳐다볼 뿐, 종을 흔드는 밧줄 아래로부터 석 자 정도 떨어진 곳을 의심스러운 듯 바라다보고 있었다. 거기에는 짧은 가스관이 끼워져 있었는데, 이윽고 그는 그 아래에서 무언가를 빼내어 재빨리 주머니에 넣고는 그대로 터벅터벅 걸어가기 시작했다. 자매들 방문에는 자물쇠가 채워져 있었고 열쇠는 열쇠 구멍 안에 꽂혀 있었다.

하제쿠라: "열쇠에는 없는데?"

그렇게 말하고 하제쿠라 검사는 문 앞쪽 마루에 붙어 있는 소량의 혈흔을 가리켰다.

하제쿠라: "그러면 처리가 불완전한 수법인 거고, 범인은 상당히 복잡한 행동을 한 것 같군."

그때 우르르 신발 소리가 나는가 싶더니 외사과(外事課)[31] 직원까지 인솔한 수사국장 구마시로 다쿠키치(熊城卓吉)가 살찐 체구를 드러냈다.

하제쿠라: "아아, 조심하라고! 승정(僧正: 승관(僧官)의 최상의 직급)!"

그러나 구마시로의 쓴웃음은 반쯤 사라지고, 옆에 있는 루킨을 혼비백산한 듯 응시했다. 잠시 후 노리미즈의 설명을 다 듣자 용모를 가다듬고는 이렇게 말한다.

---

31) 외사과(外事課) : 외사 경찰은 메이지(明治)시대부터 존재하고 외사과는 외국인의 시찰 단속이나 해외에 있는 일본인 공산주의자의 조사를 담당하고 있었다. 현재는 일본 공안 경찰 중에서 외국 첩보 기관의 첩보 활동·국제 테러리즘·전략물자의 부정 수출·외국인의 불법 체재 등을 수사하는 과이다.

구마시로: "듣고 보니 그렇군. 단순 원한 관계에 의한 사건은 아닌 것 같아. 수법에 나타난 특징도 범인이 상당한 역량을 갖춘 남자라는 점과 일치하고."

그리고 즉시 부하에게 구내 일대의 조사를 명령했는데 얼마 후 예배당 밖의 한 무리를 이끌고 있던 경부(警部; 경찰관 계급제도에 있어서의 계급의 하나. 「순사(巡査)」, 「순사(巡査) 부장」, 「경부보(警部補)」로 이어지는 밑에서 4번째 계급 : 역자주)가 몹시 흥분한 채로 돌아왔다.

경부: "도무지 정체를 알 수가 없습니다. 처음에 들어온 여러분 3명 이외의 발자국이 없어서요. 어젯밤 2시경에 내리던 눈이 그쳤는데, 그것이 언 진눈깨비 위에 난 발자국이라면 아이들도 알 수 있을 것입니다. 그리고 흉기는 뒷문 쪽 회당에서 20미터 정도 떨어진 곳에서 떨어져 있던 연을 관통하고 있었습니다."

그렇게 말하고 경부는 서양식 단검 한 자루를 쑥 내밀었다. 구리로 만든 날밑에서 칼 손잡이에 걸쳐 혈흔이 얼룩져 있었는데 오징어 등딱지 모양을 한 칼날 부분은 깨끗이 씻겨 있었다. 그것은 라자레프의 소유품인데 평소에는 문 뒤에 있는 선반 위에 얹어 둔다는 것이 루킨에 의해 곧 확인되었다. 그리고 연은 비교적 최근에 구입한 것으로 보이는 두 장 반짜리의 반야(般若)연으로 실에 통조림 따개가 달려 있었다.

노리미즈: "설마 사자신(使者神; 로마 신화에서, 웅변가·도둑·공장·상인 등의 수호신 : 역자주) 머큐리를 신었을 리는 없었을 테고……"

노리미즈가 동요된 기색을 보이지 않았던 것처럼, 다른 두 사람도, 발자국을 남기지 않는 탈출 경로와 알 수 없는 흉기의 유실 장소를 푸는 힌트가 막연히 암시되어 있다는 생각이 들어, 분명히 종루 안에서 감식으로 증명할 물건이 반드시 나타날 것이라 믿고 있었다. 따라서 구마시로 부하의 당황한 모습에 얼굴을 찡그릴 뿐, 곧 노리미즈에게 자매에 대한 심문을 재촉했다.

제일 먼저 눈에 비친 것은 이 방의 구조가 라자레프 방과 동일하다는 것이었다. 그때 사다리를 내려오던 여동생 일리야가 흠칫한 듯 되돌아가려 했지만, 경부의 정복을 보고는 이내 험악한 긴장을 풀었다. 6자(161.8센티) 정도의 포동포동 살이 찐 몸매는 바로 여장부(아마존)에 어울리는 자태일 것이다. 그리고 각이 전혀 없는 평화스럽고 둥근 얼굴을 보니 천진난만하고 단순한 성격으로 보이지만, 보기에 따라서는 적극적인 의지와 섬세한 사려를 숨기고 있는 듯한 깊은 음영이 때때로 만들어지기도 했다. 그녀는 남자 같은 활기찬 목소리로 언니를 불렀는데 전혀 동요된 기색을 보이지 않았다.

언니인 지나이다는 침대 아래에 있는 대변 병을 천 조각으로 덮고 나서 침착하고 여유 있게 나왔다. 27, 8세 정도의 그녀의 성스러운 아름다움에는 허름한 옷 속에도 성 베아트리체(Beatrice)의 모습을 엿볼 수 있었다. 그것이 지고한 사색과 예지를 말해 주는 것이라는 것은 말할 나위도 없지만, 전체적인 느낌은 여동생과는 다른, 대단히 복잡하고 범접하기 어려운 엄숙함 속에 여리고 신경질적인 예리함과 명상하는 듯한 섬뜩함의 양면이 감추어져 있는 것처럼 느껴졌다. 그러나 노리미즈는 이러한 특징들 보다 지나이다와 루킨의 대조가 오히려 비극적으로 동떨어져 있다는 사실, 아버지의 변사를 접하고도 두 사람은 속눈썹의 미동조차 보이지 않고 있는 점에 주목하고 있었다.

지나이다: "예전에는 신부 프리스찬이라고 불렸던 아버지지만, 혹시 뜻밖의 사고로 돌아가시더라도 그것은 마땅히 있을 수 있는 일이라서요……"

지나이다는 입술을 삐죽 내밀고 먼저 부친의 죽음에 차가운 조소의 빛을 나타냈다.

노리미즈: "그래도 친아버님이시잖아요?"

지나이다: "아니오. 양아버지세요. 부모를 동시에 잃은 우리 두 사람을 자애로운 프리스찬 신부께서 맡아주셔서 그후 친아버지보다도 나은 애지중지 속에서 성장했어요. 일리야는 아버지 밑에서 자랐고, 저는 적령기가 되고나서 전부터 희망하던 수도원으로 갔어요. 그 무렵 아버지는 키에프(Kiev)의 성자라고 불리고 있었어요."

지나이다는 쑥 눈썹을 치켜올리고는 다음 말을 이었다.

지나이다: "그런데 1925년에 결국 제가 있었던 수도원이 파괴되어서 당시 파리로 거처를 옮긴 아버지 곁으로 돌

아가야만 했어요. 그런데 거기에서 전과는 전혀 다른 아버지를 발견했습니다. 아, 그렇게 변하다니! 대체 어떻게 그렇게 변할 수 있는 걸까요! 아버지는 어느 틈엔가 성직을 버리고 성물 등을 팔아버린 돈으로 망명인(에미그런트; 이주자)들의 고혈을 쥐어짜는 사람이 되어있었습니다. 물론 우리에 대한 태도 역시 옛날의 아버지가 아니었구요."

노리미즈: "음……, 있을 수 있는 일입니다."

　노리미즈는 무겁게 끄덕였다.

노리미즈: "혁명의 충격(쇼크)이에요. 대전 이후 성격이 급변하거든요. 그것 때문에 발생한 비극이 상당한 수에 이르렀다는 얘기를 많이 듣거든요. 그건 그렇고 그 후에는 어떻게 되었나요?"

지나이다: "그러고 나서 아버지는 지난날의 영광을 새까맣게 더러워진 손톱으로 벗겨내기 시작했습니다. 얼마 안 되는 돈에 눈이 먼 나머지 니콜라이·니콜라예비치

대공[32] 밑에서 『지노비에프의 서한(書翰)[33]』을 위조했을 정도이니까요. 그래서 동지와 불화를 일으키고 일본에 건너온 후에도 역시 궁핍한 사람들을 쥐어짠 돈으로 여기 당지기의 주식을 샀던 거예요. 원한에 관해 짚이는 데가 있냐고요? 모르긴 몰라도 도쿄에 있는 모든 백계 러시아인이 용의자가 되어야만 할 겁니다. 그 탐욕과 고리채로는 아무리 참을성이 많은 하나님께서도 증오하지 않고 그냥 계시지 않을 거예요. 그러므로 지금의 아버지를 보고 옛날의 고결한 감정의 아버지를 생각해 보면 저는 도저히 같은 사람이라고는 생각되지 않습니다."

그렇게 노리미즈의 질문은 조금씩 본 주제로 다가갔다.

노리미즈: "그건 그렇고, 혹시 종소리를 들으셨나요?"

---

32) 니콜라이·니콜라예비치 대공[1856-1929] : 러시아의 황족으로 러시아 니콜라이 1세의 손자.

33) 지노비에프의 서한(書翰) : 1924년 영국 신문에서 공표된 문서. 소비에트 연방의 정치가 지노비에프가 쓰고 모스크바의 코민테른(국제 공산주의)에서 영국 공산당에 보낸 서한으로 영국에서의 사회 선동을 강화하라는 지시가 쓰여 있었다.

지나이다: "그런데 그 전에 기분 나쁜 일이 있어서요. 4시 반 경에 눈을 떴더니 계단의 벽 등이 켜져 있었어요. 아버지는 아시는 바와 같고, 루킨이 돌아왔나 싶었는데 왔으면 딸랑이가 울렸을 것입니다. 그래서 별로 신경을 쓰지는 않았어요. 그런데 조금 있다가 이 방문 앞 주변에서 '뚜벅뚜벅' 하며 멀어져 가는 발소리가 종루에서 나는 거예요."

노리미즈: "거기에는 어떤 특징 같은 것이 있었나요?"

지나이다: "그게……, '보통 걷는 방식으로 두 걸음 정도 되는 것이 한 걸음'과 같은 식으로 걸음과 걸음 사이의 간격이 몹시 멀었어요. 뭔가 생각하면서 걷고 있는 것 같기도 했고요."

노리미즈: "그렇다면 묘한 일이 될 법도 하군요."

그렇게 말하고 노리미즈는 말없이 생각에 잠겼다. 그러나 머지않아 얼굴을 들었을 때의 안색은 마치 죽은 사람처럼 새파래진 상태였다.

노리미즈: "분명 당신은 아버님의 망령이 걷고 있었다고 말 씀하시는 거겠지요? 하지만 그 한 시간 전에 사망한 것이 의학적으로 증명되었어요."

정말로 일시에 심장이 응축된 느낌이었다. 그것보다 도대 체 어디에 추정의 근거가 있는 걸까? 노리미즈의 의외의 말 은 주위 사람들을 놀라게 했다. 그러나 지나이다만은 고요 한 물처럼 평온한 모습이었다.

지나이다: "의학적으로 이러니저러니 하는 것은 문제가 아 닙니다. 이 세계는 헤아릴 수 없는 암호와 상징으로 가득 차 있으니까요. 저는 정말 그것이 아버지라고 믿고 있습니다. 게다가 그 소리는 매우 명료해서 절 대로 잘못 들었을 리가 없어요. 또 설령 그것이 육체 의 귀로는 들을 수 없는 지워진 소리라 할지라도 틀 림없이 제게는 같은 계시로 나타났을 겁니다."

이런 엄숙함이 대관절 어디에 있을까! 노리미즈도 그에 보답하듯 침통한 음성으로 대답했다.

노리미즈: "듣고 보니 그렇군요. 그러나 하인리히·조이제 (Heinrich Seuse: 13세기 독일의 유명한 신학자)가 종종 보았다는 예수의 환상이라는 것은 그 근원이 친밀하게 바라봤던 성화(聖畵)에 있었다고 하지요. 게다가 누군가 이런 말을 하지 않았습니까? '자기 심령을 하나의 화원이라고 생각하고 거기에 주께서 걷고 계신다고 생각하는 것이야말로 이 얼마나 즐거운 일이 아닐 수 있으랴!'라고 말이지요."

마지막 말이 끝나기 전에 지나이다의 온몸이 미세한 진동으로 부르르 떨렸다. 그러나 이내 그녀는 깔깔깔 입을 크게 벌리고 웃으며 말했다.

지나이다: "이거 놀라운데요. 저를 범인으로 상상하시다니 정말 황송합니다. 저희가 지금 아버지로부터 어떤 심한 꼴을 당하고 있었든 간에 고아원에서 구해준 큰 은혜를 생각하면 그런 것은 아무것도 아니에요. 이 점을 분명히 기억해 주세요. 그리고 또 하나 노리미즈 씨, 오랜 시간 동안 자연과학이 정복한 것이 카발라(qabbālāh)교(敎)(중세부터 근세에 걸쳐 퍼진 유대교의 신비

사상 : 역자주)나 인도의 유가파(瑜伽派; 인도 육파철학의 하

나로 요가의 수행으로 해탈을 얻는다고 주장 : 역자주)의 마술

에 지나지 않는다는 것도 말이지요."

노리미즈는 신학(神學)의 관념상의 대립 이외에 조소를 당

한 기분이 들었지만 지나이다는 상대의 침묵을 곁눈질로 바

라보고는 더욱더 냉정하게 말을 이었다.

지나이다: "그런데 여하튼 램프를 켜고 엿보려고 했는데 바

깥쪽에서 자물쇠가 잠긴 듯 문은 꿈쩍도 안 하더라고

요. 그래서 동생을 깨웠는데 둘 다 무서워서 사다리

를 타고 올라가서 램프를 끄러 가는 것조차 할 수 없

었어요. 그러는 사이에 곧 종이 울리기 시작했고요."

일리야: "저도 그게 신기했어요."

일리야가 옆에서 끼어들었다.

일리야: "처음에는 '둥둥'하고 큰 종이 갑자기 울리기 시작

하더니 그다음에 작은 종이 울렸으니까요."

노리미즈: "넷!? 뭐라고요!?"

노리미즈는 갑자기 핏기를 잃고 말았다. 그런데 지나이다도 말을 거들어 일리야가 앞서 한 말을 되풀이하는 것이었다.

이거야말로 문자 그대로의 귀기(鬼氣; 귀신이 나타날 것 같은 무시무시한 기운이나 귀신이 붙은 기색 : 역자주)가 아닐까? 종을 쳐서 울리는 기계장치는 어떤 방법으로도 원래와 다르게 거꾸로 울리는 것을 허용하지 않는다. 노리미즈도 종이 울린 원인을 범인의 행동의 일부라 여긴다면 이 사건에는 좁쌀만큼의 괴상함이나 기이함은 없다고 믿고 있던 터라, 일리야의 한 마디가 순식간에 추리의 논리적 진행을 파괴하고 말았다. 하제쿠라 검사도 부들부들 몸을 떨면서 말했다다.

하제쿠라: "그러고 보니 확실히 그렇군요. 나도 중요한 점을 깜빡 놓치고 있었어요."

노리미즈는 견딜 수 없다는 듯 문밖으로 뛰어나와 몇 번이고 종을 쳐다보고 있었는데 확대경을 휘두르고 있던 형사 한 명이 곁으로 다가와서 말했다.

형사: "노리미즈 선생님, 종을 보고 계신 건가요? 저 큰 종은

지금도 올라가 보았지만 두세 명이 매달려 손으로 미는 정도로는 톱니바퀴가 있어서 꿈쩍도 하지 않습니다. 또 내부의 진자(振錘: 흔들이)를 손으로 움직여봤자 묘하게 뭔가 막힌 듯한 소리만을 내기는 하지만 정작 종이 움직이는 것은 아니어서 그 진동을 위에 있는 작은 종에 전달할 수는 없습니다."

노리미즈: "음, 과연 그렇군. 그렇다면 종을 기울어지게 만드는 것은 종을 흔드는 밧줄 이외에는 없다는 셈이군. 정말 고마워요."

노리미즈는 다시 자매들의 방으로 돌아왔다. 이렇게 종의 성능을 모두 다 알고 보니 이제 더 이상 종소리가 이상했던 것을 과학적으로 고찰할 여지는 없다고 생각했다. 그보다 먼저 왜 종은 울려야만 했을까? 그 이유를 알 수 없게 되었다. 그것이 만일 범인이라고 한다면 어째서 자기 자신의 존재를 속속들이 드러내는 위험을 범하면서까지 굳이 그렇게 할 필요가 있었을까? (거기에 쉬운 해석법을 적용하면 종이 울렸을 때 아래 종루에는 시신 이외에 아무도 없었다는 결론이 되고 만다.) 그러나 송장이 되어있었어야 할 라자레프가 걸어 다니고 있었다는 지나이다의 말을 생각하면 육체를 떠난 집요한 영혼, 어떤 종류의 동물자기(動物磁気; animal magnetism)[34]에 굉장히 예민하다는 이야기가 되는데, 그것을 조종해서 발소리를 내게 하고, 다른 한편으로 기적적으로 종을 움직인, 한 사람의 신지론자(神智論者; theosophist)가 존재하는 것이 아닐까, 라는 생각이 들기도 했다. 하지만 그렇게 생각하는 것은 그로서는 더할 나위 없는 굴욕이었다. 얼마 후 노리미즈는 지금까지 없었던 긴장감을 지닌 채 지나이다에게 질문을 했는데 그 내용이 잡담 이상의 것은 아니었다.

노리미즈: "그런데 뜬금없는 질문일지도 모르겠지만, 당신
　　　　이 계셨던 수도원이라는 곳은 어디에 있나요?"

지나이다: "네, 빈로세르프스크에 있는 수도원인데요."

노리미즈: "그럼 무슨 파인지도 아시나요?"

---

34) 동물자기(動物磁気; animal magnetism) : 메스머(Franz Anton Mesmer)
　　등의 용어로 최면술을 걸었을 때, 시술자에게 피시술자에게 흘러간다고
　　생각되는 가정의 액체, 또는 힘을 말한다. 그들은 이 액체 또는 힘이
　　자기와 어떤 관계가 있다는 신념에서 이러한 말을 사용했다.

지나이다: "트라비스토파입니다."

노리미즈: "아, 트라비스토요."

  그것만으로 노리미즈의 말이 뚝 끊어졌는데, 그 후 수 초에 걸쳐 두 사람의 처절한 말 없는 전투가 전개되었다. 그러나 그때 감식과 직원이 자매의 지문을 채취하러 들어와서 자연스레 긴박한 분위기가 해소되었고 일동은 비로소 한숨을 돌릴 수 있었다.

  그 사이 노리미즈는 옆에 있던 거치용 램프를 조사하고 있던 차에 우연히 주목할 만한 물건을 발견했다. 그 나데코프형 거치용 램프는 전등이 보급되기 전 러시아의 상류 가정에서 유행했던 것으로, 심지를 조절하는 나사가 있는 부분이 없고 거기에 보통형 램프보다 크기가 훨씬 큰 스네어드럼 모양을 한 것이 있었다. 그리고 투구 식으로 십수 개의 겹창 환기가 열리게 되어있어, 거기에 바깥공기가 들어가면 위쪽의 뜨거운 공기 사이에 기류가 발생하여 그것이 중앙의 통에 있는 밸브를 눌러 회전시켜서 조금씩 심지를 밀어내는 방식이었다. 그러나 노리미즈에게 마른침을 삼키게 한 것은 이 장치가 아니라 싸구려 넥타이를 이어 만들어 붙여 놓은 받침대의 바닥이었다. 그가 무심코 그것을 들춰 보니, 안쪽의 양피지에 '이완·토드로이치로부터 니콜라이·니콜라예비치 대공께.'라고 적혀 있었다. 그것을 어깨너머로 보고는 한 외사과 직원이 놀란 듯이 말했다.

외사과 직원: "이것입니다. 4년 전쯤 파리 경찰 본부에서 첩보가 있었던 것은 대공의 사후에 손수 쓰신 비품목록 중에서 카라이크 왕관과 황제 시종장 토드로이치가 보낸 이 거치용 램프가 분실되었다는 것이었습니다."

지나이다: "어쩐지, 낮에는 이것을 침대 밑에 숨기라고 엄격히 명령하시곤 했어요. 아버지라면 훔쳐 가셨을지도 모르지만."

지나이다가 몹시 부끄러운 듯 탄식하는 것에 구마시로는 득의양양한 얼굴로 끄덕여 보였다.

구마시로: "어느 경우나 극적인 비밀이 있기는 하지만 여하튼 동기로서는 충분히 자격이 될 것 같군. 하지만 노리미즈 군, 그렇게 되면 한 명을 죽이나 세 명을 죽이

나 마찬가지가 되잖아. 그런데 어째서 바깥쪽에서 채운 자물쇠를 그대로 두고 도망쳤을까?"

노리미즈: "그것을 알면 범인을 짐작할 수 있겠지. 하지만 내 상상으로는 그 원인이 바닥 쪽의 채광창에 있을 거 같아. 여기에서 외벽의 회전창이 보이지? 그것이 딱 계단 천장에 해당하거든. 그러니까 자매 중의 누구 하나가 철망을 떼고 유리를 세게 밟아 구멍을 뚫기만 하면 범인이 우회하여 창 아래에 도달할 무렵에는 충분히 문밖으로 뛰어나갈 수 있다는 말이 되는 거지. 즉 총명하고 민첩한 범인이 그런 위험한 조건을 깨달았기 때문에 어젯밤에는 장해물을 하나 제거하는 것으로 만족하고 다음 기회를 노리려 한 것이 아닐까 생각해."

그러고 나서 노리미즈는 다시 지나이다에게 물었다.

노리미즈: "그런데 열쇠 말인데요."

지나이다: "열쇠는 아버지 방과 겸용인 것 하나밖에 없습니다. 그리고 항상 아버지 방의 꽃병 안에 넣어두는데

양쪽 방 다 밤중에 자물쇠를 채우는 습관은 없습니다. 여하튼 발소리와 종소리 이외에는 아무것도 저희는 들은 것이 없었다는 것만은 알아주셨으면 좋겠습니다."

그렇게 말을 마치자마자 갑자기 지나이다는 희미한 신음소리를 내며 어찔어찔 한듯 비틀거렸다. 노리미즈는 가까스로 옆쪽에서 떠받쳤지만, 이마에서는 끈적끈적한 땀이 흘러내렸고 안면은 납황색(蠟黃色; 초같이 옅은 녹색을 띤 황색 : 역자주)을 띠고 있었다. 그것이 왠지 모르게 저항할 기력을 완전히 소진한, 범죄자로서 가장 비참한 모습일 거라 생각되기는 하지만……!

뇌빈혈을 일으킨 지나이다를 침대에 눕히고 나서 노리미즈가 일리야를 데리고 종루로 나갔을 때 S경찰서 직원이 6시쯤 성당과 15, 6정(町; 거리의 단위로 1정은 60간(間)으로 약 109.090909미터(m)에 상당한다, 15, 6정은 1,637미터에서 1,745미터. : 역자주) 떨어진 지점에서 비상선에 걸려든 30세가량의 러시아인을 데리고 왔다고 보고했다. 데미안·바시렌코라는 이름을 듣자, "아, 드디어!"라고 일리야와 루킨은 입을 모아 말했다.

일리야: "그 사람은 언니에게 몹시 열을 올리고 있었으니까요. 하지만 언니라는 사람은 인간의 가장 인간다운 점에는 전혀 흥미가 없는 듯했어요. 난쟁이도, 멋진 바시렌코도 똑같은 것으로밖에 보이지 않는 것 같아요."

노리미즈: "그러면 바시렌코는 언니 애인이 아닌 거군요."

일리야: "그뿐이겠어요?"

일리야는 조금 경박하고 상스러운 말투로,

일리야: "언니는 루킨이 가장 좋다고 했을 정도예요. 그래서 어젯밤 루킨과의 결혼을 거절한 것도 저는 아버지에 대한 앙갚음으로밖에 생각되지 않아요. 아버지가 언니의 신랑으로 루킨을 선택한 것은 원래 난쟁이의 재산이 목적이었기 때문이에요. 그리고 은밀히 상당량의 금전을 이미 받은 듯도 하구요. 언니에게 그것을 털어놓은 것이 바로 그저께 이야기에요. 그리고 나서

이틀 동안 집요하게 따라다니며 결혼의 실행을 강요했습니다. 하지만 언니는 무슨 말을 들어도 한마디도 하지 않고 완강하게 거부하기만 했어요. 그로 인해 아버지와 다투면서 하루가 지나가곤 했어요. 그러자 딸의 마음을 돌리는 것은 절망적이라고 생각한 아버지는 별안간 태도를 바꾸어 이번에는 루킨에게 터무니없는 돈을 요구하기 시작했어요. 물론 두 사람 사이의 격론이 점차 거세져서 한때는 어떻게 될지 걱정이 되기도 했지만, 때마침 그 자리에 루킨 앞으로 전보가 날아 들어와서 그것이 일시적으로나마 위기를 막아주었던 것이에요."

일리야가 거침없이 전부 이야기하는 것에 노리미즈는 적잖이 놀랐지만, 왠지 모르게 상대가 선수를 친 것 같다는 생각이 들어 '이 여자, 단순한 것 같으면서도 의외로 멍청이는 아니군'이라고 생각하게 되었다. 일리야는 계속해서 이렇게 말했다.

일리야: "언니와 아버지의 다툼이 가장 심했던 것은, 진눈깨비가 휘몰아치기 시작하는 데도 언니는 철망 아래에

서 온몸에 눈을 맞으면서도 끝까지 아무 말 없이 매섭게 아버지의 얼굴을 노려보고 있었던 때였습니다. 그것은 정말 무시무시한 얼굴이었어요."

노리미즈: "그러면 이것이 짓밟은 결혼식의 상징이군요."

노리미즈는 주머니에서 흙투성이로 찌부러진 백장미를 꺼내어,

노리미즈: "아마 언니분 것이겠죠. 이 머리 장식이 종을 당기는 밧줄 아래에서 5치(19.8센티)정도 떨어진 곳에 걸려 있었거든요. 하지만 그 사실을 알게 되었으니 이것은 더 볼 필요가 없겠군요."

라며 바닥에 휙 내던져 버리고 나서 말했다.

노리미즈: "그런데 이상하네요. 싫지 않으면 결혼해도 무방할 텐데요."

일리야: "그건……, 사실을 말하자면……."

일리야는 발그레하게 볼을 붉히며 말했다.

일리야: "제가 루킨을 좋아하고 있다는 것을 알고 있기 때문이에요."

노리미즈: "역시, 재미있는 관찰이군요. 그럼, 이번에는 계단 쪽을 설명해 주시겠어요?"

그리고 나서, 조사가 계단의 외벽에 있는 회전창으로 옮겨지자 구마시로는 창유리 중앙에 두꺼운 주홍색 선이 옆으로 한 개 그어져 있는 것을 보고 말한다.

구마시로: "흠……. 루킨은 이 벽 등이 켜져 있는 것을 의아해했다던데 그 이유는 분명 이 주홍색 선에 있을 거야. 그런데 이것이 어째서 밖에서 보일 수밖에 없었던 걸까?"

노리미즈는 창틀의 먼저를 쓱 만지고는 말한다.

노리미즈: "절반밖에 안 열리잖아! 쇠 장식이 녹슨 것을 보니 오랫동안 열지 않았던 것 같아. 그리고 일리야 씨, 창 아래쪽으로 끌어넣어 둔 동력 배선 같은 것은 없나요?"

그 두꺼운 2개의 전선은 정문 쪽에 있는 전신주까지 일직선으로 뻗어 있었는데 그 위에 동결된 눈은 없었다. 일리야는 그 주변 전체에 대하여 설명하기 시작했다.

일리야: "네, 파이프 오르간이 있었을 때의 동력 배선이에요. 그리고 창 위에 세 자(90.9센티) 정도의 철관이 전선과 함께 튀어나와 있는 것 보이시죠? 전에는 경축일이 되면 저기에 로마노프 왕조 기를 맸다고 하네요. 또 철관에 휘감겨져 있는 나선(裸線; 절연체로 싸지 않은 전선 : 역자주)은 제 라디오의 안테나인데요, 언제였더라? 육군 비행기 보고통(報告筒)이 종루 지붕에 떨어진 적이 있는데 그때 탑에 올라간 병사분에게 부탁해서 끝부분을 십자가에 걸어 달라고 부탁했어요. 자, 이 정도 아셨으면 이제 저를 풀어주세요. 빨리 가서 언니 간병을 해야 하거든요."

종루에 돌아오니, 다음과 같은 성당 내 담당 직원의 보고가 있었다. ― 두 사람의 신체검사 결과 눈곱만큼의 혈흔도 부착되어 있지 않은 점, 종을 흔드는 밧줄에도 기대했던 옷의 섬유가 발견되지 않았던 점, 그리고 예배당의 성단 아래쪽에서 샛길이 발견되었는데 그곳을 사용한 흔적이 없을 뿐 아니라 중간 부분이 봉쇄되어 있어 통행이 절대로 불가능한 점, 그리고 마지막으로 지문이 남아 있지 않았고 돔에는 거센 바람과 경사로 진눈깨비의 퇴적이 없다는 점 ― 등 모든 것이 허무한 결과였다.

하제쿠라: "종이 곡예적(曲藝的; 아크로바틱; acrobatic : 역자주)으로 울린 덕분에 결국 범인이 탈출한 경로는 알 수 없게 되었군. 또한, 단검을 아래에서 던져 올려봤자 5자(16.5센티)도 안 되는 탑의 틈새기 어딘가에 부딪히고 말아."

하제쿠라 검사는 낙담한 모습으로 중얼거렸다. 하지만 노리미즈에게 꼭 물어보고 싶은 것이 있었다.

하제쿠라: "아까 자네는 왜 지나이다가 들은 발소리에 라자레프를 연상한 거지?"

노리미즈의 눈동자가 번쩍 빛나는가 싶더니, 이내 떨떠름하다는 듯 말한다.

노리미즈: "그것은 시신의 왼쪽 팔이 안쪽으로 구부러져 있었기 때문이야. 걸을 수 있는 것을 보면 상당히 정도가 가벼워 보여서 아마도 발병은 현기증을 일으킬 정도였겠지만, 라자레프의 왼쪽 상반신은 중풍성 마비에 걸려 있었는데 그것이 거의 경쾌할 정도로 가벼운 증상이었어. 마비가 덜해졌다는 증거로는 팔이 안쪽으로 뒤틀리고 손가락 끝이 갈고리 모양이었다는 것을 들 수 있어. 또 그런 때에는 다리를 구부리기가 곤란해서 그 발소리가 그것이라고 생각하게 만든 환상(環狀; 고리처럼 둥글게 생긴 모양 : 역자주) 보행이 일어났던 거지. 즉 불편한 쪽의 다리를 발가락 끝이 땅에 털썩 떨어지지 않도록 발바닥을 비스듬하게 하고 안쪽으로부터 바깥쪽에 걸쳐 호선(弧線; 활 등 모양으로 굽은 선 : 역자주)을 그리면서 옮기기 때문이야. 그러면 건강한 다리를 옮겼을 때밖에 소리가 나지 않으니까 두 발을 옮겨도 발소리는 하나밖에 안 들리게 되지. 따라서 그와 비슷한 상태가 연속적으로 들렸다고 한다면 당연히 라자레프를 생각할 수밖에 없을 거야."

라자레프의 왼쪽 상반신이 불구라는 것보다도 노리미즈의 이론 정연한 추론에 놀라지 않을 수 없었다.

구마시로: "듣고 보니 정말 그러네. 그렇다면 종을 흔드는 밧줄에 가스관이 끼어 있었던 이유를 알 수 있겠군. 상반신이 그다지 자유스럽지 않은 라자레프는 거기에 발을 걸어 끄는 힘을 거들게 한 거야."

노리미즈: "응, 그런데 구마시로 군, 내가 딱 맞추는 바람에 뜻하지 않은 수확이 있었는데 말이지."

노리미즈의 얼굴이 불그스름해지기 시작했다.

노리미즈: "그때 지나이다가 겉보기에는 몹시 냉정했지만, 내심으로는 그것이 뜻하지 않은 쇼크였던 거야. 그렇다 해도 보통 대수롭지 않은 공포를 느끼면 극히 하찮은 부분에서도 거짓말을 하기 마련인데 여하튼 그 천사 같은 여자의 진술 속에 허구의 사실이 하나 있었지. 이봐, 구마시로 군, 지나이다는 분명히 자기가 있던 수도원이 트라비스토파라고 했어. 하지만 사실은 가르멜 교회파(역자주:Ordo fratrum Beatæ Virginis

Mariæ de monte Carmelo)였던 거야."

구마시로: "가르멜 교회파라고?"

노리미즈: "바로 그 맨발 수도원을 말하는 거야. 맨발에다 여름, 겨울을 사지(소모사(梳毛絲)로 짠 모직물 : 역자주)로 만든 옷 한 장으로 지내지. 널빤지 위에서 잘 뿐만 아니라 채식만을 고집하고. 예전에는 1년 중에서 8개월을 단식한다는, 놀랄만한 고행이 그 교회 규칙이었다든가 하는 이야기도 있어."

구마시로: "그런데 어떻게 그것을 알아낸 거지?"

노리미즈: "그 이유는, 내가 아까 '자기 심령을 하나의 화원(花동산)이라고 생각하고 거기에 주께서 걷고 계신다고 생각하는 것이야말로 이 얼마나 즐거운 일이 아닌가?'라고 말했었지? 그때 지나이다는 확실히 놀라는 눈치였어. 물론 내 심산은 그것을 하나의 협박적인 비유로 사용한 것에 지나지 않지만, 지나이다를 놀라게 한 것은 자기가 범인으로 비겨진 것을 깨달았기 때문만은 아냐. 원래 범죄자라는 것은, 그런 점에는 사전에 준비

가 되어있기 마련이기 때문이지. 그럼, 왜냐고? 그것은 그 한 구의 문장이라는 것이 자기의 이상한 몽환 상태를 말한 가르멜 교회파의 창시자 성(聖) 테레사[35]의 말이었기 때문이야. 스페인 여자가 카르멘뿐이라고 생각하면 오산이야. 그 옛날 신비신학의 한 파를 이끌고 물체부양(物体浮揚; levitation)[36]이나 양소존재(両所存在; Bilocation)[37]까지 行했다고 하는 위대한 신비가가 있었는데 말이지. 거기에는 또 하나 — 이것은 우선 '일본에 500명'이라는 익숙하지 않은 얼굴이지만 — 성 테레사의 후계자라 불리는 '수도사 모리노스'의 화상(画像)이 침대 옆쪽 벽에 걸려 있었기 때문이야."

---

35) 성(聖) 테레사[1515-1582] : 아빌라의 테레사라고도 한다. 스페인 가메르 수녀회의 수녀이며 성녀(聖女).

36) 물체부양(物体浮揚; levitation) : 심령 현상으로 특히 물리적 심리현상이라고 불리는 것의 하나. 특정 물리적 원인이 인정되지 않음에도 불구하고, 책상, 의자 등의 물체가 부양하는 것처럼 보이는 현상. 영매(靈媒)를 둘러싼 교령회(交靈会)[강령회(降靈會)]에서 자주 생긴다고 한다.

37) 양소존재(両所存在; Bilocation) : 초상현상(超常現象; 현재까지 자연과학 연구 결과에서는 설명되지 않는 현상)의 하나로 동일 인간이 동시에 복수의 장소에서 목격되는 현상 또는 그 현상을 직접 발현시키는 능력을 말한다.

하제쿠라: "그러고 보니, 확실히 중세의 수도사 같은 그림이 있었던 것 같네."

하제쿠라 검사가 맞장구를 쳤다.

노리미즈: "음, 그래서 말인데……. 지나이다가 동정녀 생활 속에 어느 정도까지 이 일파의 수도를 쌓았는지, 또 왜 거짓말을 해야만 했는지는 알 수 없지만……."

노리미즈는 이렇게 말하려다 별안간 엄숙한 표정을 지었다.

노리미즈: "여하튼 단 한 사람이 허위 진술을 했다는 점만으로도 그 여자가 가장 범인에 가깝다고 할 수 있지."

구마시로는 깜짝 놀라서 소리쳤다.

구마시로: "농담하지 마. 자네는 열쇠에 관한 이야기는 잊어버린 거야?"

노리미즈: "그게 말이지. 여기 출입구는 회전창도 없고 밑에 틈도 없어. 하지만 끈으로 열쇠를 조종하는 수법은 밴 다인(Van Dine)의 『케닐 살인사건』(1933)만으로는

끝나지 않았어. 자네, 오바케무스비(お化け結び)[38]라는 머리 매는 방식 알지? 한쪽 실은 죄어 들어가기만 하지만, 다른 한쪽의 것을 당기면 '쑥'하고 쉽게 풀려버리는 것. 뭐 실험해보면 금방 알 수 있겠지만."

노리미즈는 열쇠의 고리 모양을 오바케무스비(お化け結び)로 묶어 라자레프 방문 앞에 섰다.

노리미즈: "잘 기억해 두게. 처음에 열쇠를 집어넣고, 다시 한번 비틀어서 비녀장이 튀어나갈 때까지 비틀어 두는 거야. 그리고 한쪽 실을, 풀리지 않는 쪽인데, 손잡이 모서리 축에 연결하지 말고 두 바퀴 정도 휘감아 두어서, 사이를 '꽉' 팽팽하게 만들어 놓는 거야. 그러고 나서 한쪽이 빠지면 풀리는 쪽의 것을 열쇠 구멍에서 밑으로 빠져나가게 하고 그것은 어느 정도 느슨해지게 만들어 두는 거야. 물론 열쇠 누름쇠

---

38) 오바케무스비(お化け結び) : 에도(江戶) 말기 여성의 머리 유형의 하나. 머리를 묶어 좌우로 작은 고리 모양을 만들어 옆에 비녀 같은 것을 꽂고 중앙을 남은 머리로 만 것. 상중의 머리형으로 되었고 나중에 상갓집 주부들이 많이 맸다.

가 위로 향해 있어야 가능한 이야기이지만. 그리고 문 안쪽에 들어가서 손잡이를 돌리면 실이 열쇠를 잡아당겨서 회전시키기 때문에 고리는 내려가지만 열쇠 누름쇠는 아래로 끝까지 내려가지는 않고 중도에서 실에 떠받쳐진 모양새가 되지. 그리고 그다음에 열쇠 구멍을 지나간 실을 당기는 거야. 물론 열쇠의 고리 모양의 매듭이 풀리니까, 그리고 나서 손잡이를 몇 번 정도 회전시켜서 모서리 축에 휘감아 놓은 것을 느슨하게 해 주면서 실을 빼면 어떻게 될까? '스르르' 안으로 들어가 버리겠지? 그렇게 열쇠 누름쇠는 수직이 되어 흔적이 남지 않게 되는 거야."

그러나 노리미즈는 긴장이 풀린 얼굴로 문을 열었다.

노리미즈: "하지만 종소리가 있어서 이 착상만으로 사건을 끝낼 수는 없어. 구내에 발자국이 없는 것은 결국 범인이 예배당 안에 있었다는 것을 암시하는 셈이지만."

하제쿠라 검사와 구마시로는 잠시 정신을 차리지 못한 모습이었지만 얼마 후 아래층으로 내려가 두 명의 포로에 대한 심문을 끝내고 돌아왔다.

구마시로: "루킨이란 놈은 일리야의 이야기가 전부 맞다고
말하지만, 가려 했던 고토쿠지(豪德寺) 행만은 끝까지
완강하게 버티고 있다니 얼마나 어처구니없는 알리
바이인가? 그리고 바시렌코는 일종의 지사(志士; 일반
적으로 일본 에도(江戸)시대 후기 막부 말기 때 활동하던 재야
인물을 가리키는 용어 : 역자주) 업자로 우익단체 덴류카이
(天竜会)가 키우고 있다고 하는데 심한 결핵 환자로 옛
모습을 찾아볼 수 없을 정도로 처참한 모습이었어.
그 녀석이 어젯밤 지나이다가 결혼한다는 소문에 흥
분한 채 밤새도록 이 주위를 배회하며 다녔다고 하던
데. 하지만 그 남자는 범인이 아니야."

그렇게 말하고 구마시로는 담뱃진으로 물든 손가락 끝으
로 '딱딱' 소리를 냈다.

구마시로: "이봐! 노리미즈 군, 바람이 거센 것과 경사 때문
에 돔에 진눈깨비는 쌓여 있지 않아. 하지만 돔에 발
자국이 없는 것이 오히려 상상을 자유롭게 해 주지.

그리고 왠지 모르게 범인의 윤곽이 잡힐 것 같아. 종이 울린 원인도 알 수 있을 것 같고."

노리미즈: "그것 참 기발하군."

노리미즈는 거세게 비아냥거렸듯 이야기했다.

노리미즈: "그렇다면 자네는 어떤 방법으로 종을 그렇게 그럴듯하게 울리게 했다고 생각하는 건가? 게다가 중요한 건 처음에 범인으로 지목된 인물이 지금까지 거론된 사람 중에는 없다는 거야."

3.

구마시로: "장난하지 마. 그렇다면 루킨 말고 범인이 따로 있
다는 거야?"

구마시로의 목소리가 자기도 모르게 높아졌다.

구마시로: "시신의 수수께끼도 6피트(160.5센티)와 3피트 반
(106.75센티)의 차이를 어떻게 없애는가에 따라 해결
될 수 있을 것 같아."

노리미즈: "허허, 구체적으로 말하자면?."

구마시로: "그건 성당 내에 발자국이 없기 때문인데. 그렇다
고 해서 범인을 자매 중에서 상상하는 것은 종소리
가 명확한 반증을 제시하고 있어서 좀 어려울 것 같
고. 결국 범인은 진눈깨비가 그친 2시경에는 이미 성
당 안에 들어와 있었다는 얘기고, 범행 후 신발자국
을 남기지 않은 채 도망쳐버렸다고 추정할 수밖에 없
을 것 같아. 그때 종이 울린 것은 말할 필요도 없을
테고. 하지만 탈출의 경로는 너무나도 단순하다고 말

할 수 있어. 먼저 종을 흔드는 밧줄로 기어 올라가서 탑의 창으로 나오는 거야. 거기에서 흉기를 뒷문 쪽으로 내던진 후에 안테나를 타고 돔을 내려온 거지. 그리고 회전창 아래에 있던 동력 배선에 매달려서 내려간 거고. '스르르' 원숭이처럼 성당 밖으로 나가 버린 거야. 그런데 무엇이 나로 하여금 그런 추정을 하게 만들었냐 하면, 첫째 동력 배선에 진눈깨비가 동결되지 않았다는 것이고, 다음으로 종을 흔드는 밧줄에 꽂혀 있던 백장미 때문이야. 그것은, 루킨이 주워서 그것으로 지나이다의 잔향(殘香)을 그리워하며 지니고 있던 것이 밧줄을 오르는 어느 순간에 옮겨진 거야. 그리고 또 하나는, 그런 대담하고 기발한 행동을 수행할 수 있는 근력을 갖춘 인물이 지금 이 사건 등장인물 중에 있기 때문이지. 세 장(丈; 9미터; 길이의 단위(單位)로 한 장은 10자로 약 3미터에 상당 : 역자 주)이나 되는 밧줄을 가뿐히 오를 수 있을 뿐만 아니라 동력 배선을 원숭이처럼 옮겨 다닐 때 만약 보통 사람 정도의 근력과 체중이라면 인입(引入; 끌어들이는) 장소나 전신주 위 접합 부분에 상당히 눈에 띌 정도의 손상이 생기게 될 거라고! 아마 1정(町; 109미터) 이상의 거리는 쉽게 건너뛸 수 없을 거라 생각하는데. 그렇게 되면 보통 사람보다 뛰어난 완력과 그것에 반비례하는 어린이 정도의 체중이라는 극히 어려운 조건이 루킨이라는 인물에 의해 가뿐히 해결된다는 거지. 또한, 밧줄에 직물 섬유가 남아 있지 않은 것은 오히려 방수복을 입은 루킨을 역설적으로 증명하는 게 될 테고."

하제쿠라 검사는 어이가 없다는 듯이 구마시로를 매섭게 쏘아보았다.

하제쿠라: "그런 거라면 굳이 자네에게 들을 필요도 없어. 손 쉬운 해석에 우쭐해져서 자네는 종의 기계장치를 잊어버리고 만 거라고."

그러나 그때는 아직 구마시로의 해석 이상으로 종소리의 괴이함을 실무적으로 증명할 만한 것이 없었다.

구마시로: "자, 들어보게. 지금 밧줄의 진동으로 종이 울렸다고 했는데, 그것은 바로 그 불가사의하게 울렸을

때를 말하는 게 아니야. 그 이전에 있었던 거를 말하는 거라고. 즉 시각이 아닐 때 종이 울린 적이 딱 두 번 있었는데, 그 두 번째로 울렸을 때가 자네들을 비롯해서 자매 귀에 들어간 거고, 처음에 탈출할 때 울린 것은 아마 들리지 않을 정도로 미약한 소리였을 거야. 왜냐하면 루킨 정도의 완력을 갖춘 인물이라면 자벌레(자벌레나방의 애벌레 : 역자주) 같은 신축을 굳이 이용하지 않더라도 처음에 꽉 끌어당겨서 종을 한쪽으로 기울게 만들어 두고 그 위치가 돌아가지 않도록 팔만을 이용해서 올라가는 것이 가능하지 않을까 해서. 그렇게 하면 시작과 종료 시점의 딱 두 번만 '딸깍'하고 미약하게 부딪치는 소리가 나게 될 거라고."

하제쿠라: "그러면 자네가 말하는 두 번째의 종은?"

구마시로: "후후, 그것은 윤색적(潤色的; 사실을 과장하고 미화함을 비유적으로 이르는 말)인 사건이야."

　구마시로는 아무 일도 아니라는 듯 종소리 배제설에 관해 이야기했다.

구마시로: "역시나, 종을 직접 만진 흔적은 없었던 거야! 있다 하더라도 손으로 누르거나 진자(흔들이)를 내려치는 정도로 그 큰 종이 움직일 리는 없다 했지 아마? 그런데 어떻게 그 큰 종이 움직였고 그 진동이 거꾸로 작은 종에 전해졌는지, 종 전체가 그렇게 결과가 뒤바뀐 식으로 울렸는지가 불가사의한 점이야. 물론 이상하기로 치자면 이보다 더 기이한 것은 없겠지. 하지만 이 사건에서 그것은 정말 사소한 단역에 지나지 않는다는 거야. 왜냐고? 종과 시신에 관해 추정되는 것들이 죄다 난쟁이 루킨의 경이로운 특징과 일치하기 때문이야. 그뿐만 아니라 종의 현상이 범인 탈출 후에 일어났으니까 말이지. 따라서 사건의 복잡성을 더하는 희곡적인 색채를 띨 수는 있어도 절대로 본질을 좌지우지하는 것은 아니라는 말이야. 이봐, 노리미즈 군, 수사관이 엽기적인 흥미를 일으키는 바람에 애써 얻은 사건의 해결책을 잃어버린 예가 결코 적지 않다는 사실을 알고 있나? 뭐, 나도 까딱하면 그 전철을 밟을 뻔했지만 말이지."

노리미즈: "그렇기도 하겠군. 호오, 자네, 근래에 보기 드문 걸작이 되겠는데?"

노골적으로 조롱하는 기색을 보이며 노리미즈는 담배 연기로 원을 만들어 내뱉었다.

노리미즈: "하지만 그렇게 되면 죽인 사람과 밧줄을 기어 올라간 사람, 이렇게 별개의 인물 두 명이 나타나야 한다는 말인데."

구마시로는 상대가 노리미즈이니만큼 거의 겁먹은 듯한 경계의 빛을 띠었지만, 하제쿠라 검사는 허벅지를 두드리며,

하제쿠라: "음, 틀림없이 그럴 거야."

라고 노리미즈의 의견에 동의한 후 자기주장을 말하기 시작했다.

하제쿠라: "이봐, 구마시로 군. 시신은, 타살 시신에는 유례가 없는, 기괴한 형태로 쭈그린 채로 죽어있었어. 그뿐 아니라 시신을 둘러싼 수수께끼가 너무 많아. 우선, 격투한 흔적이 없어. 고통으로 얼굴이나 손가락이 일

그러지긴 했어도 몸부림치거나 도망가려고 바닥을 긁거나 쥐어뜯은 흔적도 없거니와 상처 부위를 누른 흔적도 찾아볼 수가 없었지. 아무리 자네라도 기관이 절단된 것만을 가지고, 전격적인 즉사는 생각할 수 없을 거야. 그리고 외상은 하나뿐인 데다 상처가 난 부위가 자살자 이외에는 본 적이 없는 방향으로 나 있지. 인후에서부터 비스듬하게 위로 쳐올리고 있잖아. 그런 식으로 노리기 곤란한 곳을 목표로 일격에 성과를 거둔다는 것은, 피해자가 고의로 편한 자세를 취하고 있지 않는 한 일단 불가능하다고 봐야 해. 물론 루킨의 경우는 점프하지 않으면 상처 부위에 닿지 않을 테고, 반대로 라자레프가 구부려 있었다고 한다면 모든 것은 더더욱 불가능하게 되지. 게다가 수촉(手燭; 양초를 켜서 꽂아 들고 다니기 위해 짧은 자루를 붙인 촛대 : 역자주)은 위에서 떨어뜨린 흔적이 없고, 옷에 탄 자국도 없을 뿐만 아니라 정말 다소곳하게 그 자리에 있었단 말이지. 그래서 나는 모든 상황이 라자레프의 의지의 표출을 말하고 있다고 생각해. 구마시로 군, 그렇기 때문에 나는 라자레프의 죽음은 자살이라고 봐."

구마시로: "그러면 시신은 어떤 방법으로 흉기를 예배당 밖으로 가지고 나온 건데?"

하제쿠라: "그것은 나중에 빼내 간 거야. 자네는 바로 그 빼낸 인물을 범인이라고 말하는 거고. 그런데 기발한 상상일지도 모르지만, 이제부터 무엇이 라자레프를 자살하게 만든 것인지에 관해 설명할테니 잘 듣게나. 나는 나데코프의 거치용 램프 스탠드를 보고 나서 라자레프와 루킨 사이에 더 심각한 비밀, 이라기보다 '루킨이 이 노인의 치명적인 약점을 쥐고 있었던 것은 아닐까'라는 생각이 들기 시작했어. 루킨은 그것과의 교환조건으로 지나이다를 요구했을 거야. 그러나 지나이다는 완강하게 계속 거부했기 때문에 꼬이고 꼬인 분쟁은 아마 밤중을 넘긴 시각까지 계속되었을 테고. 따라서 루킨은 전보가 왔어도 실제로는 가지 않고 식당 안에 머물러 있었던 거야. 그런데, 그렇게 해서 꼼짝할 수 없는 곤경에 빠진 라자레프는 금세 한 가지 방책을 생각해낸 거야. 그것은 여동생 일리야에게 자초지종을 잘 설명하고 루킨에게 집적거

리도록 만드는 거였지. 그 여자는 어딘가 변태적인 데가 있는 것처럼 자기 입으로 루킨에게 그러한 감정을 고백하고 있어. 하지만 지나이다에 대한 집착이 철저하리만큼 강했던 루킨은 여동생에게는 눈길도 주지 않았던 거지. 그 때문에 그 진행 과정을 줄곧 문틈으로 엿보고 있던 라자레프는 절망 끝에 자살을 하고 말았던 거야. 자네는 켜진 채로 내버려 둔 벽의 등을 기억하고 있지? 아마 루킨이 끄는 것을 잊어버렸겠지만 그것이 있었기에 루킨에 대한 일리야의 나루가미(鳴神; 가부키(歌舞伎) 상연목록의 하나 : 역자주)식 정사 장면을 라자레프는 볼 수 있었던 거야."

노리미즈는 히쭉히쭉 미소를 띠우면서 자욱하게 담배 연기만 내뿜고 있다.

노리미즈: "과연, 각인각설(各人各説; 각자 주장하는 의견이나 설이 각기 다른 것. 각인각색, 각인각양 : 역자주)인 셈이군. 그럼 하제쿠라 군, 자네, 수촉(手燭)은 어떻게 설명할 생각인가?"

하제쿠라: "그것은 이렇게 설명할 수 있어. 그때 라자레프는 처음부터 반 정도 남은 초를 켜고 문 앞에 서 있었던 거야. 왼손이 불구인지라 일단 수촉을 마루 위에 놓고 나서 문을 살짝 열었는데, 수촉을 끄는 것도 잊은 채 바라보고만 있다가 얼마 안 있어 초가 완전히 타버린 거지. 그 암흑 속에서 마지막 무시무시한 단정을 전방에서 인지해야 했던 거야. 그런데 라자레프의 자살을 발견한 루킨이 그다음에 어떻게 했냐 하면, 그는 그것을 이용해서 지나이다에 대한 관계를 유리하게 전개시키려고 시도했던 거야. 그 이유는 루킨의 그릇된 추측으로 지나이다 배후에 있다고 믿었던 바시렌코를 어떻게 제거할 수 있을까 하는 생각으로 심야에도 예배당 주위를 미친 사람처럼 배회하던 모습을 목격했기 때문이야. 그리고 일리야의 입막음을 한 후에 단검을 빼내어 자매 방에 자물쇠를 채우고 나서 자네가 추정한 대로의 경로를 통해 건물 밖으로 탈출한 거야. 그렇게 되면 종은 루킨이 울렸다는 사실은 말할 필요도 없어지겠지. 그 신비스럽고 뛰어난 불가사의한 수법은, 물론 루킨만의 비밀이겠지만, 발견

을 한 시라도 빨리 하는 것이 그놈에게는 더할 나위
없는 이익이었을 거야. 종을 울려야 하는 이유는 이
것으로 훌륭하게 해결된 거 아닌가? 그러니까 구마
시로 군, 이 사건에는 한 명의 범인도 없다는 게 되는
거라구."

구마시로: "그럼, 시신의 수수께끼는 어떻게 되는 거지?"

하제쿠라: "그것은 어떤 병리적(病理的) 가능성을 믿을 수밖
에 없다고 생각해. 칼날을 꽂은 순간 그때까지 건강
했던 뇌수(腦髓; 중추 신경 계통 가운데 머리뼈 속에 있는 부분
: 역자주)의 좌반엽(左半葉)에 출혈이 생겨 자유로운 오
른쪽 상반신에 중풍성 마비가 일어난 거야. 반신불수
자(半身不隨者; 중풍에 걸린 사람 : 역자주)가 늘 갑자기 쓰
러지는 것을 예민하게 경계하는 것을 보면 알 수 있
겠지만, 이상한 정신 충격이나 육체에 타격을 받으면
남은 반엽(半葉)에 쉽게 속발(續發; 계속해서 일어나는) 증
상이 발생하는 법이야. 그런 의미에서 부검 발표가
더없이 궁금해지는 이유가 되기도 하고."

'흐음.' 구마시로는 심술궂게 웃으며 말한다.

구마시로: "그렇지만 그것은 오히려 타살일 경우에 하는 말이지. 게다가 자네는 시신의 허리가 기묘하게 비틀어진 것에 대한 주의가 부족한 것 같아. 그도 그럴 것이 그 부분을 애매하게 하지 않으면 자살이라는 말도 안 되는 황당무계한 설이 성립할 염려는 없어지게 되니까 말이지. 더구나 그 진짜 원인을 알면 자네 주장이 시작된 상처의 방향에서 라자네프의 의지가 사라져 버리게 된다는 말인데. 무엇이 그런 형태를 만들었는가 하면, 그것은 난쟁이 루킨의 체구인 거야. 우선 루킨이 문밖에서 말을 걸었다고 치자. 그러면 라자레프는 당연히 그의 키를 알고 있으니까 아마 거의 습관적으로 상체를 구부려서 문 사이를 통해 목을 쑥 내밀었을 거야. 그것을 밑에서 위로 베 버린 거지. 라자레프는 그 상태로 무너져 내렸고, 그때 건강한 상반신에 중풍성 마비가 일어나게 된 거야. 다시 말하면 루킨 머리 위에 라자레프의 목이 훤히 드러난 꼴이 되었으니, 가해자가 어떤 자세로 찔렀다기보다는 루

킨의 특수한 신장으로는 그곳을 그런 방향으로 찌를 수밖에 없었다는 말이 되는 거지."

하제쿠라: "그러면 옷에 탄 흔적이 나타나야 하잖아."

하제쿠라 검사는 거의 패세(敗勢; 싸움에서 지거나 어떤 일에 실패할 형세 : 역자주)를 자각했는지 목소리에 힘이 없었다.

하제쿠라: "물론 수축을 아래에 놓고 문을 열었겠지만, 그러기 위해서는 초가 다 탈 때까지의 시간이 부족하게 되지."

그리고 구마시로는 마지막 결론을 이야기하기 시작했다.

구마시로: "그런데 루킨이 절반 정도 남아 있었다던 초가 그 사이에 한 번 사용되었다고 한다면 어떻게 될까? 그리고 심지만 남았는데도 인색한 라자레프가 불을 붙였다고 한다면 자연히 심지 아래쪽이 타게 되니까 아래쪽 초가 녹아서 그로 인해 옆으로 길게 쓰러져 흘러가게 되면 불꽃이 똑바로 서지 않게 되겠지."

짐짓 개가를 부르듯 말했지만, 흘끗 소심한 곁눈질로 물었다.

구마시로: "그런데 노리미즈 군, 자네의 의견은 어떤가?"

노리미즈: "글세? 내 의견은 단지……."

그러나 그의 눈빛에는 뭔가를 결심한 듯한 자의 예리함이 있었다.

노리미즈: "곤란한 것은 종소리의 지위만을 주역으로 진행 시키는 것에 관해서인데, 뭐 그건 잠시 좀 기다려 주 시고, 내가 자네들의 추론을 정정할 수고만은 하게 해 주게나."

먼저 하제쿠라 검사를 향해 말했다.

노리미즈: "먼저 자네의 자살설에 관해서인데, 그것이 오류 라는 것은 시신의 마지막 호흡이 증명하고 있어. 알 다시피 기관을 기가 막히게 정확히 절단하고 있잖나. 범인은 바로 그 자리에서 단검을 뽑지 않고 잠시 찔 러 넣은 상태로 방치해 둔 거라고. 그 이유는 나중에 말하기로 하고, 그래서 기관이 딱 폐색되고 만 건데 그것이 마치 **교살**(絞殺: 목을 졸라 죽이는 것 : 역자주)당했

을 때의 모양과 일치했던 거지. 물론 해부해 보지 않으면 경쟁 관계에 있는 두 가지 중에서 어느 쪽이 최종 사인인지는 알 수 없지만, 여하튼 이 경우 출혈이 치사량에 도달하기 전에 라자레프가 질식으로 의식을 잃은 것만은 분명해. 그 증거로 분뇨를 지리고 있다는 것과 공막(鞏膜; 안구 대부분을 싸고 있는 흰색의 막으로 눈의 흰자위에 해당하는 부분 : 역자주)에 출혈한 흔적이 나타나 있는 것을 들 수 있어. 그리고 중대한 분기점이 되는 것은 마지막 호흡, 즉 찔린, 아니 자네 주장에 의하면 찔리기 직전의 호흡이, 날숨이었는지 들숨이었는지 어느 쪽이었느냐가 중요한데. 흉격(胸膈; 심장과 비장 사이의 가슴 부분 : 역자주)을 조사해 보면 그것이 날숨 직후를 가리킨다는 것을 알 수 있어. 즉 그것을 문제로 삼아야 하는 것은 자살한 사람의 일정한 법칙으로서 라기보다 사람의 긴박한 심리에 당연히 빠뜨려서는 안 되는 생리현상이 있기 때문이야. 그것은 마이네르트(Theodor Hermann Meynert)[39] 등이 주장

---

39) 마이네르트(Theodor Hermann Meynert)[1833~1892] : 오스트리아의 정신신경학자. 빈 정신신경클리닉 소장 겸 교수. 정신병원에서 환자의

한 건데, 말단 동맥이 격렬하게 긴축되어 흉부에 압박감이 생기기 때문에 숨을 폐에 가득히 채워서 불안정한 감각을 없앤 후에야 의지를 실행으로 옮기는 것이 가능하다는 것이야. 그러나 라자레프의 시신에 그 흔적이 없다면 어떻게 텅 빈 폐가 허락되었는지가 의문점으로 남게 되겠지. 그래서 나는 반대로 그 모순을 타살의 추정 재료로 들고 있는 거고."

하제쿠라: "듣고 보니 과연 그렇군."

하제쿠라 검사는 솔직히 끄덕였다.

하제쿠라: "그럼 구마시로 군이 주장하는 루킨 설로 확정되는 셈인가?"

노리미즈는 조용히 미소를 짓고 구마시로에게 얼굴을 가까이 가져갔다.

노리미즈: "자네가 말하는 난쟁이 살인설에도 다른 의견이

구금을 최소한으로 할 것을 제창했다. 또 뇌 각 부분의 구조와 기능의 연구에서 많은 업적을 냈다.

있기는 해. 그래서 먼저 라자레프의 오른쪽 상반신에 중풍성 마비가 일어나지 않았다고 주장하는 거야. 그 증거로서 시신의 양팔의 온도를 들고 싶은데, 마비가 일어난 부분은 사냉(死冷; 사후에 체온이 외기 온도까지 서서히 내려가서 만지면 차갑게 느껴지는 현상 : 역자주)과 다름 없을 정도로 차가워져 있어야 하는데 라자레프의 양 팔을 비교해 보면, 마비가 약해진 왼팔은 물론 문제 의 오른팔에도 희미하게 같은 온도의 체온이 남아 있 었어. 그렇게 말해봤자 아마 자네는 피부 감촉 따위 의 미묘한 것은 믿을 수 없다고 하겠지만, 그건 그렇 다고 치더라도, 또 한 가지 절대 부정할 수 없는 재료 가 있어. 그런데 그것을 말하기 전에 자네가 심지만 남아 있었다고 하는 초 형태에 관한 좀 더 구체적인 설명이 필요한데 말이야."

구마시로는 조금 신경질적으로 눈을 깜박였다.

구마시로: "물론 나는 그 수촉의 실제 모습에 관해 상상하고 있는 거야. 알다시피 남아 있는 초가 철심의 물림쇠를 넘어 부풀어 올라 있었어. 따라서 실심(사심; 絲芯; 1. 실

을 심지로 한 초. 실심 초. 2. 램프의 심에서 가는 실 모양의 것 : 역자주) 주위의 초가 전부 녹아서 떨어져 버리면 심지는 철심에 달라붙어 똑바로 선 모습이 될 테고 아래쪽의 아주 일부분만이 녹은 초에 파묻히는 형태가 되겠지."

노리미즈: "음, 나도 거기에는 이의가 없어. 나도 어릴 때부터 질릴 정도로 본 형태이니까. 그리고 자네는 마침 그때 구두쇠인 라자레프가 그것을 불어서 끈 거고, 그 후 루킨이 문을 두드렸던 새벽녘에 다시 사용한 거라고 말하는 거지? 하지만 그것만으로 탄 흔적을 남기지 않았다고 증명하려 하는 것은, 묘한 용어로 들릴지도 모르지만, 초의 생리라는 것에 관해 전혀 사전지식이 없어서 그런 거야. 게다가 햐쿠메 초(百目蠟燭; 초 하나의 무게가 거의 375그램이나 되는 큰 초 : 역자주)에나 사용될 법한 철심의 두께도 자네는 계산속에 넣고 있지 않다는 거지."

그렇게 노리미즈는 해박한 인증(引證; 증거가 될 만한 다른 사실을 들어 보이는 것 : 역자주)을 들어 섬세하고도 세밀하기 짝이 없는 분석을 시작했다.

노리미즈: "하지만 내가 장황하게 말하는 것보다도 우리의 위대한 선배가 남긴 기록을 먼저 소개하기로 하지. 1875년이라고 하면 일본에서는 위경죄(違警罪)[40] 포고 이전으로 형사경찰의 여명기에 속하지. 정확히 오소 요시토시(大蘇芳年)의 유혈이 낭자한 목판화가 에소카미야(絵草紙屋; 에도(江戸)시대부터 메이지(明治)시대에 걸쳐 삽화가 든 통속 소설책 등을 팔던 가게 : 역자주)의 점포 앞을 장식하던 나졸(순경의 구칭)시대를 말하는데, 그 무렵 (독일의) 도나우뵈르트(Donauwörth) 경찰 중에 현재 과학 경찰을 인솔하는, 자네보다도 훨씬 훌륭한 추리력을 갖춘, 벤체르셸델프라는 경부(警部; 일본 경찰의 직급으로 경시(警視)의 아래, 경부보(警部補)의 위로 한국의 경위(警衛)에 상당 : 역자주)가 있었어. 그 경부가 역시 다 탄 큰 촛대의 초의 길이를 추정해서 그것으로 가장 혐의가 짙었던 맹인을 죽을 고비에서 구

---

40) 위경죄(違警罪) : 구 형법에서 구류·과료에 해당하는 가벼운 죄의 총칭. 메이지(明治) 18년(1885년)의 위경죄즉결례(違警罪即決例)에 의거 정식 재판에 의하지 않고 경찰서장이 즉결 처분에 의해 처벌하는 것이 인정되고 있었다. 쇼와(昭和) 23년(1948) 경범죄법 시행으로 실효된다.

해내었는데, 그때 추리의 근원이 된 것은, 실로 평범하기 짝이 없지만, 누구나 깜빡 놓쳐 버린다는 점에 있었던 거야. 그것은 철심의 온도였는데, 원래 초의 심지는 구멍 좌우 중 어느 쪽엔가에 치우쳐 있어서, 그런 두꺼운 철심에서 끝까지 타오르게 되면 끝은 철심에 가로막혀 불꽃이 충분히 반대쪽으로 도달하지 않게 돼. 그래서 초의 연소가 불균형을 이루게 되어 심한 각도의 경사가 만들어지게 되지. 즉 한쪽은 심지만 남아도 한쪽에는 어느 정도 초가 남아 있어야 한다는 거지. 그러나 그대로 끝까지 타게 내버려 두면 철심에 열이 가해져서 이글이글 뜨겁게 타오르게 되니까 심지가 떨어질 때까지 반대쪽 초도 스르르 하고 녹아버리게 되고……, 심지만 남았을 때 일단 끈 후 시간을 두고 다시 켰다고 한다면? 하지만 공교롭게 이번에는 철심이 냉각되어 있었다는 거지. 그래서 반대쪽 초도 불과 얼마 안 되는 시간만 타는 심지 아래쪽에 해당하는 부분만이 녹고 상단 부분은 그대로의 형태로 남았거나 적어도 초의 막 정도는 남아 있어야 해. 그러나 그 수촉에는 철심이 새까맣게 그을려 있을 뿐, 초는 완전히 연소되었어. 그렇다면 그것이 정말 소량일지라도 초의 형태를 한 것이 남아 있었으니, 그것이 그대로 다 탔다는 증거 아닌가? 그리고 싫든 좋든 탄 흔적이 남아 있어야 하는 거고."

구마시로는 새파래져서 입술을 떨었다.

하제쿠라: "그러면 거기에 범인의 트릭이 있는 셈이군."

검사는 노리미즈의 말을 그만두게 하지 않았다.

노리미즈: "음 그래. 그리고 사실대로 말하면 라자레프의 시신은 똑바로 서 있어서 불꽃이 닿지 않는 위치에 있었어. 그러니까 거기에는 트릭이 필요하게 된 거고. 물론 그것을 알면 중풍성 마비를 상상하게 만들어 자네에게 자살설을 주장하게 하고, 구마시로 군에게 루킨의 환영을 그리게 한, 시신의 수수께끼가 남김없이 청산되고 마는 거야. 그런데 말야, 그것은 한 개의 튼튼한 끈이었던 거야. 범인은 그것을 손잡이와 그 오른쪽으로 기운 판자벽 사이에 끼워놓은 열쇠 사이에

6, 7치(19.8-22.1센티) 정도의 여유를 남기고 쳐 놓은 거야. 왼쪽이 불수인 라자레프는 바닥에 수촉을 두고 오른손으로 손잡이를 돌리고 나서 왼쪽 어깻죽지로 문을 밀어서 나가려고 했지만, 공교롭게도 문은 끈의 길이만큼밖에 열리지 않아서 나가려던 기세에 반신이 된 어깻죽지가 쑥 들어가 버려서 머리부터 오른팔까지 움직일 수 없게 되고만 거지. 그것을 범인은 바깥쪽에서 꽉 누르고, 움직이지 못하는 목표를 겨냥해서, 상대로부터 뿜어져 나올 피를 뒤집어쓰지 않도록, 한가하고 느긋하게 경동맥(頸動脈)을 피해 일격을 가했던 거야. 하지만 그때 금방 흉기를 뽑지 않았던 것은 신음을 내지 않게 하기 위해서였는데, 그대로 잠시 죽어가는 라자레프의 모습을 바라다보고 있었을 거야. 물론 그러는 사이에 초는 다 타버릴 테니까 끈을 조금 느슨하게 하면 라자레프는 허리에 끈을 건 채 반으로 꺾여 있는 모습이 되는 거지. 그리고 사망을 확인하고 나서 다시 끈을 느슨히 하여 서서히 살며시 바닥에 내려놓았기 때문에 시신은 딱 구부러진 모양이 된 거고, 상처 부위도 바닥의 흘러내린 피

위에 수직으로 내려와서 피가 흐른 상태에 부자연스러운 현상은 나타나지 않았던 거야. 게다가 자유로운 오른손을 전혀 움직일 수 없었기 때문에 문을 막 긁거나 쥐어뜯을 수가 없었던 거지. 그러면 구마시로 군, 루킨과 같은 난쟁이에게는 다시 태어나지 않으면 절대로 할 수 없는 곡예가 되겠지. 즉 라자레프 살해범에 관한 정의를 말하자면, 보통 사람의 체구에 힘이 없어서 평범한 수단으로는 살해할 목적을 이룰 수 없는 인물이어야 하는데, 물론 체력의 열성을 보완할 뿐만 아니라 수사 방침의 교란을 꾀할 정도로 음험하고 냉혈한 계획도 포함되어 있었던 거야. 따라서 수법만으로 보면 루킨의 환영이 사라지고 단검을 쥔 바시렌코의 그림자가 나타나게 되는 거라고."

구마시로: "아, 그놈은 안돼. 걸어서 출입하는 것 이외에 할 줄 아는 게 없잖아."

구마시로는 슬픈 듯 한숨을 내쉬었지만, 노리미즈의 얼굴은 더욱 어둡고 우울했다.

노리미즈: "음, 이제 조금만 더 하면 될 것 같은데. 그것도 죽였을 것 같은 사람과 탈출할 수 있는 사람, 그렇게 모델 2개가 병행하게 되었으니 범인은 의외로 이 2개의 특징을 구비한 새로운 인물일지도 몰라. 그게 아니면, 여기에서 어떤 멋진 착상을 찾는다면, 그 결과 지나이다에게 모든 것이 종합되거나 혹은 바시렌코 출몰의 비밀이 분명해지겠지만 여하튼 루킨은 더 이상 범인 사정권에 없어. 그럼, 구마시로 군, 이렇게 지금까지 파악한 재료로는 99퍼센트까지 설명이 되는 셈이니, 해결의 열쇠는 남겨진 하나에 숨겨져 있다고 해도 과언이 아니겠지. 즉 기계장치를 전도시켜 초자연적으로 울리게 한 종소리에 범인의 모습이 그려져 있는 거야. 하지만, 우리는 어떻게든 지나이다가 말하는 것처럼 시신을 걷게 하고 그 손으로 종을 흔드는 밧줄을 당기게 해야만 하는 걸까?"

그렇게 해서 종소리가 단순한 괴기 현상에서 일약 사건의 주연을 담당하게 되었다. 구마시로는 전율을 감추며 억지로 아무렇지 않은 듯 말했다.

구마시로: "여하튼 동기는 결국 그 거치용 램프일 테니까. 나는 당분간 이 예배당에 부하를 잠복시켜 둘 생각이야. 그리고 다음 기회에 가차 없이 붙잡고 말 거야. 우리에게는 안 보이는 연결 다리가 있으니 언젠가 반드시 그런 날이 올 거라 믿어."

하지만 그에게는 평소때의 생기를 전혀 찾아볼 수 없었다. 그 무렵부터 진눈깨비가 내리기 시작하고 거센 바람이 섞여 꼭 어제와 같은 날씨가 되었지만 노리미즈는 사람들을 멀리하고 혼자 종루에 틀어박힌 채 한동안 나오지 않았다. 그러는 동안 그의 실험하는 듯한 종소리가 몇 번이나 울렸지만 결국 기대했던 하나의 종소리는 들을 수 없었다. 저녁이 되자 간신히 노리미즈가 피곤에 지친 모습을 드러냈다.

노리미즈: "구마시로 군, 자네의 성공을 기원하네. 하지만 그때 만일 범인을 체포하지 못한다면 자매 중 한 사람에게 말해서 내 사무실에 나데코프의 거치용 램프를 가져다 달라고 전해 주게."

그리고 진눈깨비 속을 헤쳐 집으로 돌아갔지만, 1시간 정도 후에 문밖에서 다시 그 사람의 소리가 났다.

노리미즈: "노리미즈인데. 미안하지만 회전창의 붉은 선을
끄고 벽등을 켜 주겠나?"

　벽등을 켜러 간 형사 한 사람이 넌지시 창밖을 보자 공중
에 떠 있는 연 한 장이 어두운 밤의 범선처럼 쑤욱 가까이
다가왔다. 아아, 노리미즈는 무슨 연유로 벽등을 켜고 붉은
선을 지운 채 연을 띄운 것일까?

　그런데 그날 밤 노리미즈는 몇 시가 되어도 자려 하지 않
고, 눈과 귀에 온 신경을 집중시켜 무엇인가를 보거나 혹은
듣지 않으려 하는 것 같았다. 과연 그는 새벽 1시경에 성 알
렉세이 사원의 종소리를 들었다. 게다가 처음에 쿵쿵하고
큰 종이 갑자기 울리기 시작하더니……, 성당의 신비와 공
포가 다시 밤하늘을 가로질러 가기 시작했다. 그것을 듣고
는 그는 왠지 모를 미소를 씩 짓고는 정신없이 잠에 빠져들
기 시작했다.

4.

이튿날 정오쯤 비치용 램프를 들고 일리야가 찾아왔다.

노리미즈: "어젯밤에 큰 소동이 벌어졌다고 하던데요."

일리야: "네, 하지만 왜 잡히지 않는 걸까요? 들어온 것은 분
명한데 발자국은 남아 있지 않고 종은 또 그렇게 울
리다니요."

노리미즈: "당연한 사실입니다. 그건 제가 울렸으니까요. 그
렇게 라자레프 사건은 해결되었습니다."

깜짝 놀란 일리야를 슬쩍 바라보며 노리미즈가 비치용 램
프 바닥에서 한 통의 편지를 꺼냈다.

일리야: "혹시 언니가 쓴 것인가요?"

노리미즈: "그렇습니다. 언니의 고백서입니다."

아무리 대담한 노리미즈라도 자신의 얼굴을 직시하는 것
은 참을 수 없었지만, 일리야는 그 말을 듣자 온몸의 탄력을

순간적으로 잃어버리고 의자 안으로 비틀거리며 쓰러져 잠시 눈을 크게 뜨고 멍하니 바라보고 있었다. 그러는 동안 노리미즈가 고백서를 훑어보았는데 얼마 후 일리야는 정신을 차리고 흐느껴 울기 시작했다.

일리야: "믿을 수 없어요. 언니가 왜 큰 은혜를 받은 아버지를 죽여야만 했을까요?"

노리미즈: "그것은 어떤 강력한 힘이 언니를 본능적으로 지배하고 있었기 때문이에요."

　그리고 노리미즈는 특별히 자극적인 용어를 피해 지나이다의 범죄 동기에 대해 말하기 시작했다.

노리미즈: "저는 그녀가 가르멜 교회파의 동정녀였다는 것을 알았을 때, 그 아름다운 한 꺼풀 아래에는 계율을 위해 아버지라는 명칭이 붙는 사람도 죽일 수 있는 완미(頑迷: 융통성이 없고 올곧고 고집이 세며 사리에 어두운 것 : 역자주)한 피가 자라고 있다는 것을 알았습니다. 아시다시피 동정녀는 하나님의 신부라는 것을 위해 모든 것을 걸고라도 싸워야 합니다. 그러나 일단 현

세와의 사이에 있던 철벽이 붕괴된다면 어떻게 될까요? 그렇게 될 경우, 하나님의 신부들이 새 생활 속에서 얼마나 괴로워해야 하는지 생각해 보세요. 하물며, 가해진 시련을 참고 견디는 사이에 동정녀는 그 기괴한 생활에서 일종의 영웅 숭배주의를 익히게 됩니다. 또 한편 신체적으로 말하면 청빈과 정결의 이름에 감추어진 놀랄 만한 고업(苦業; 업보 때문에 맺어진 괴로운 인연 : 역자주)이 오히려 마조히즘(masochism)[41]적 육감을 불러 일으켰던 것입니다. 그리고 자연의 법칙에 거스르는 고통 속에 하나님의 살갗과 애무의 실감을 그리게 하는 거예요. 그러나 그렇게 되면 청순한 처녀에게 있기 마련인 결백이라는 것만으로는 용서받지 못하게 됩니다. 명백한 정신 장애가 되는 거죠. 그런데 언니도 마찬가지입니다. 불행히도 그때 라자레프가 루킨과의 결혼을 강요했기 때문에 '하나님을 모독하기보다는' 하는 생각에 양아버지의 목에 칼날을 꽂았던 것이에요. 하지만 한때는 아마 바울

---

41) 마조히즘(masochism) : 상대로부터 정신적, 육체적 고통을 받음으로써 성적 만족을 얻는 이상 성욕. 피학성애(被虐性愛). 마조.

(Paul)[42]이 말한 '수도 생활은 훌륭한 생활이지만 의무가 아니다'라는 말 등으로 몹시 괴로워했겠지만, 결국 뿌리 깊은 편집증 때문에 대항할 수도 없었던 것입니다. 그런데 고백서 속에 이런 한 구절이 있습니다. '물렁뼈라는 것은 묘한 느낌이 있더군요. 하지만 그것을 느낀 순간, 동정녀만이 아는 고상하고 신령한 환희를 양부를 죽이는 고뇌 속에서 절실히 체험했습니다.'라고요. 그러면 무엇이 양부 라자레프를 죽게 한 것인지 확실히 아시겠지요? 그것을 한마디로 표현하면, 또 하나 바울의 말을 예로 들겠는데요, 가정의 의무에 마음을 나누지 못했던 한 사람이 불행히도 혁명의 난을 피해 다시 가정으로 돌아와서 생긴 비극이었던 것입니다."

이 어둡고 비참한 동인(動因; 어떤 사태를 일으키거나 변화시키는 데 작용하는 직접적인 원인 : 역자주)에 일리야는 귀를 기울였던

---

42) 바울(Paul) : 길리기아의 다소에서 태어났고(행 21:39; 22:3), 출생 시부터 로마 시민권자였다(행 22:25-28). 히브리 본명은 '사울'이고 '바울'은 로마명이다. 그는 평생 결혼하지 않았거나 홀아비였을 것으로 추정된다.

것이다. 감은 눈동자가 끊임없는 충동으로 떨리고 있었다. 노리미즈는 간신히 해방된 기분으로 살인방법에 관해 설명하기 시작했다.

노리미즈: "그런데 놀랍게도 언니의 범죄는 그 방법과 동기가 마치 이중인격적인 대비를 보여주고 있습니다. 그 완미고루(頑迷固陋; 완고하여 사물을 올바르게 판단하지 못하는 것 : 역자주)한 종교관과 달리 실제 범행에는 정말 뛰어난 과학적인 두뇌가 엿보입니다. 그것을 알고 저는 정말 아연실색하고 말았습니다. 그 두 가지를 각각 따로따로 떼어 보면 누가 동일인의 소행이라고 생각할까요! 그런데 범행은 루킨 앞으로 보낸 위조 전보로 시작됩니다만, 그것은 오전 중에 몰래 남장한 언니가 근처 아이에게 돈을 주고 밤 9시경에 전보국에 가지고 가게 한 거예요."

라고 먼저 살해 방법과 열쇠 건에 대해 설명한 후 계속했다.

노리미즈: "여하튼 그 끈 하나가 사건을 난해하게 만들었을 뿐 아니라 여성은 힘이 약하다는 점을 커버하여 모든

것이 루킨이 저지른 범죄임을 보이려고 한 것입니다. 따라서 노련한 구마시로조차 감쪽같이 걸려들고 말았던 거예요. 그러나 진정한 놀라움은 이제부터 말하는 신기한 종소리의 기교에 있는데요, 그 전에 미리 말해 두고 싶은 것은 바로 그 종루에서 일어난 발소리입니다. 사실은 그것이 종을 울린 인물을 확인시키려는 거짓이었기 때문에 그것을 저의 쓸데없는 생각이 그만 복잡하게 만들고 말았던 것이지요. 다시 말해 언니 외에 다른 누구의 등장인물도 없다는 것입니다."

다시 노리미즈는 고백서에 눈을 돌리며,

노리미즈: "그럼 읽지 않은 앞부분을 계속 읽을 테니 들어 주세요. 제가 자연 사물 중에서 전도체를 고른 것은 우연한 발견에서 비롯되었습니다. 바닥의 채광창에서 들여다보면 그것이 외벽 회전창에 있는 주홍색 선에까지 도달했을 때, 몇 분이 더 지나야 동력선에 닿을 수 있을까? 수차례에 걸쳐 시험한 결과, 그 시간에 정확한 측정을 얻을 수가 있었습니다. 그리고 그 전도체는 순간적으로 소멸해 버릴 뿐만 아니라 그 출발점

인 철관에는 꼭대기에 십자가로 이어지는 일리야의
안테나선이 얽혀 있습니다. 또 십자가 밑은 종을 달
아매는 쇠 빗장을 떠받치고 있으니까요. 그렇게 저는
적당한 시기를 골라 거치용 램프에 불을 켜고 드디어
성 알렉세이 사원의 공포가 생기는 때를 기다렸습니
다. 그래서 계단 중간에 있는 벽등을 켠 것은 빛이 마
침 그 부근까지 도달하기 때문에 그 빛으로 전도체
상황을 살피기 위해서였습니다. 게다가 유리에 비친
벽은 까매서 시야에 지장을 주지 않습니다."

라는 한 절의 단락까지 낭독이 끝내고는 갑자기 고백서를
탁자 위에 엎어 놓고 고개를 들었다.

노리미즈: "지금부터는 제 생각에 따라 말씀드리겠습니다.
그런데 그 전도체라는 것이 뭐라고 생각하시나요?
실로 큰 종의 진자를 사이에 두고 전도체와 거치용
램프 위의 공간을 한 줄로 죽 잇는 선이, 언니의 뇌에
서 튀어나온 불꽃이었던 것입니다. 모르시겠습니까?
철관 끝에서 시작되어 진눈깨비가 녹은 물로 인해 아
래로 뻗어 나가는 고드름이 바로 그것입니다. 하지

만 그 전에 하나의 장치를 준비해 둘 필요가 있었습니다. 그것은 바로 필름 한 통인데요, 그것을 철관에서 동력선까지의 수직선보다 조금 길게 잘라, 그 전체 길이를 직선으로 한 줄 그어놓은 교제(膠劑; 아교처럼 진득진득한 약제로 단단히 달라붙는 성질 때문에 막이 생겨 피부를 보호한다 : 역자주) 위에 알루미늄 가루를 붙여 놓은 것입니다. 한편 그쪽을 안쪽으로 하여 감은 것 끝에 고리 모양을 만들었는데요, 그 필름 한 개를 단검의 발견 장소였던 연에 매달아서 날린 것입니다. 그리고 필름의 테를 철관 끝에 잘 끼워 넣고 동시에 통조림 따개(캔오프너)에 매달은 또 한 가닥의 실을 조종하여 필름에 매단 실을 자르고 다시 그 통조림 따개로 수직으로 아래에 해당하는 동력선 한 점에 흠집을 낸 것입니다. 그런데 이 장치로 머리 위의 큰 종에 무슨 일이 일어나게 만들었다고 생각하시나요?

일리야: "글쎄요."

일리야는 언니의 범죄에 관한 일이 어디로 흘러갈 것인지, 호기심 가득한 눈으로 바라보았다.

노리미즈: "그 목적은 큰 종을 기울이게 만든 장치를 제거하는 데 있었습니다. 그런데 그것을 말하기 전에 꼭 날씨입니다. 그것은 세찬 바람을 수반한 진눈깨비가 가장 거세게 내렸던 5시경에 언니는 범행 첫 단계를 수행했기 때문입니다. 그때 종을 흔드는 밧줄 바로 밑에서 아버지와 딸이 격론을 벌이고 있었다고 했는데 언니의 진짜 생각은 다른 데에 있었던 것입니다. 발로 조금씩 밧줄 끝을 밟아가면서 한 손으로는 혼신의 힘과 체중을 가해 서서히 밧줄을 당겨 종을 기울어지게 했습니다. 물론 작은 종은 수평 상태였구요, 큰 종은 약간 기울어져서 진자가 안쪽 벽면에 닿게 됩니다. 그때 바로 그 거센 비바람이 불기 시작했습니다. 쉬지 않고 불어닥치는 진눈깨비가 얼마 후 진추(振錘: 흔들리는 추)와 내벽을 딱 달라붙게 결빙시켜 버렸던 것입니다. 물론 위쪽에 감춰져 있던 작은 종에는 영향이 없었지만, 큰 종은 나중에 밧줄을 되돌려놓아도 묵직한 진자가 한쪽 벽에 밀착되어 있어 당연히 중심이 기운 만큼 기울어져야만 했던 것입니다."

일리야: "그럼 종을 울리게 한 것은 무엇인가요?"

노리미즈: "종이 울린 것은 전류가 흔들리는 추의 결빙을 녹였기 때문입니다. 그런데 그 경로를 설명하자면, 철관 끝에 모인 물방울이 필름 위에 옮겨져서 떨어지는데, 매끈매끈한 셀룰로이드 면에서는 미끄러져 떨어져 버리고 요철이 있는 알루미늄 가루 위에만 쌓이게 됩니다. 그리고 거기에 만들어진 고드름이 선 모양으로 길어지고 동시에 그 밑부분이 필름을 감는 축을 누르며 서서히 펴져가는 것입니다. 그것이 언니가 생각해낸 멋진 아이디어였던 것이지요. 그리고 마침내 완전히 펴졌을 때, 알루미늄 가루 선의 말단 부분이 동력선 피복의 흠집 난 곳에 닿게 되므로, 여하튼 간에 순간 전류가 탑 위의 큰 종까지 전달되어야 했는데요, 그 결과는 말할 필요도 없이 명백합니다. 물론 고드름은 순식간에 사라져 없어지게 되고 필름은 발화되지만 얼마 후 은색의 경금속 가루를 함유한 하얀 재가 물방울 무게를 견디지 못해 땅에 무너져 떨어지게 되는 것입니다. 그러나 비중이 가볍고 적설

에 대해 위장색(僞裝色)이 있는 금속 가루는 차츰 흩어져 없어져 버려서, 수사관 시력의 한계를 넘어버리는 동시에 그것으로 메커니즘의 모든 것은 소멸되고 말았던 겁니다. 따라서 전달된 순간 전류가 흔들리는 추의 결빙을 녹이면 당연히 흔들리는 추가 반대쪽에 부딪히게 되고 동시에 기울어진 것이 돌아오게 되겠지요. 그 결과 종을 흔드는 밧줄을 당기는 것 이외에는 움직일 수 없는 종의 진동이 발생해서 그런 기적이 나타난 것입니다. 물론 어젯밤의 종은 때마침 날씨가 좋아서 제가 그대로 재연한 것에 지나지 않습니다. 그러나 가장 중요한 암시였던 것은 바로 그 머리를 꾸미는 장미장식이었습니다. 짓밟혀 있던 것이 종을 흔드는 밧줄 아래에서 5치 정도 떨어진 곳에 꽂혀 있었으니까요."

일리야: "어머나!"

일리야는 엉겁결에 경탄의 소리를 냈다.

일리야: "하지만 단검은요? 왜 그런 엉뚱한 곳에 버려져 있

었던 거죠?"

노리미즈는 마지막 추론에 들어갔다.

노리미즈: "그것은 그 거치용 램프 스탠드가 던진 거예요. 언니는 라자레프의 죽음을 확인하고는 목에서 단검을 빼내어 그것을 아래층 세면장에서 닦은 후 다시 종루로 돌아왔습니다. 이번에는 긴 베실 끝에 추를 달아 그것을 두 개의 큰 종 중간을 겨냥하여 빗장을 넘어가도록 던져 올린 것입니다. 그리고 한쪽 끝을 단검 뭉치에 응고하기 시작하여 풀 같은 상태가 된 피로 점착시키고, 다른 한쪽은 종을 흔드는 밧줄에 끼어 있는 발판용 가스관으로부터 문의 열쇠구멍을 통해 그 끝을 거치용 램프 스탠드 안쪽의, 통을 회전시키는 심지에 연결시킨 것입니다. 물론 이 장치는 바깥쪽에서 자물쇠를 채우는 조작이 끝나기 전에 설치된 것이니, 열쇠의 누름쇠가 위를 향하고 있는 열쇠구멍에는 2개의 실이 지나가게 되는 셈입니다. 그렇게 해서 언니는 먼저 실로 열쇠를 조종하여 문을 닫은 후, 고드름의 상황을 확인하고 거치용 램프에 불

을 붙여 미늘창 방식의 세로 창을 열었습니다. 따라서 내부의 원통이 기류가 되어 회전을 시작함에 따라 끈은 당겨져서 팽팽해지고 한쪽 끝에 있는 단검을 매달아 올렸던 것입니다. 그런데 고드름이 동력선에 도달할 때까지의 시간과 원통의 회전수 사이에 대단히 정밀한 계산이 필요했다는 것은, 단검이 큰 종의 아래쪽 부분에 도달하기 직전에 고드름이 전류를 끌어와야 했기 때문인데요. 왜냐하면, 전류의 접촉으로 종에 생기는 자성(磁性)을 기대하는 것 이외에 단검의 투척을 실현할 방법이 없었기 때문이었습니다. 즉 종에 생긴 자기력이 단검 끝을 끌어당긴 것인데 한편 매달려 올라가기 때문에 옆쪽으로 향한 것을, 또 하나의 종이 동(銅)제의 날밑을 냅다 튕겨버린 것입니다. 그때 단검 뭉치에 실을 점착시키고 있던 응혈(凝血; 엉긴 피)이 벗겨지고 그것이 종루의 채광창(들창) 부근에 떨어진 거예요. 또 문 앞쪽에 있던 것도 실이 통과한 경로를 증명하는 것 그 이상의 것은 아니었습니다. 그리고 실은 열쇠 구멍을 다 통과하고 나서 거치용 램프의 원통 안에 말려 들어가게 되는데, 그와 동시에 그때까지 실로 지탱하고 있던 열쇠의 누름쇠가 수직으로 내려왔고 그것으로 범행은 완전히 끝나게 된 것입니다."

증명이 끝나자 노리미즈의 얼굴이 윤기로 번득였다.

노리미즈: "어때요! 이번에는 종소리를 중심으로 탈출해 나가는 루킨의 모습이 그려지고 계시겠지요. 물론 그것은 언니가 장치한 두 개의 알리바이 중 하나인데요. 바깥쪽에서 자물쇠를 채우는 기교는 상당히 유치한 방법인데 종소리는 그 신비스러움을 넘어선 것이었어요. 다행히 풀리긴 했지만요. 그런데 누가 '그 정도의 계획을 창작해낼 수 있을까?' 하고 묻는다면 유감스럽게도 '노'라고 대답할 수밖에 없어요. 여하튼 언니분은 지금까지 제게 도전한 범죄 중에서 최대 강적이었어요."

일리야: "그러면 언니는 사형이 되는 건가요?"

일리야는 결국 말하고 말았고 노리미즈는 고백서의 마지막 몇 줄을 보여주었다. 그러자 갑자기 그녀가 책상 끝을 꽉 붙잡고는 표정을 바꾸며 말했다.

일리야: "독(毒)?!! 그럼 당신은 언니에게 자살을 권하기라도 하신 건가요?"

노리미즈: "농담하지 마세요. 화를 내는 것은 제 이야기를 듣고 나서 하세요."

노리미즈는 그렇게 말하고 일어나서 그녀의 어깨에 상냥하게 손을 얹었다.

노리미즈: "어제 저녁 무렵 돌아가는 길에 그대들 방에 들렀었지요? 그때 슬며시 언니 주머니에 숨겨두었던 것입니다. 물론 금방 알아차렸겠지만, 밤중에 종이 울리거나 해서 음독할 기회가 없어서 오늘이 되어서야 당신의 외출을 기다리는 것 이외에 달리 방도가 없었습니다. 포장지에는 어떤 알칼로이드(alkaloid)[43]의 이름이 쓰여 있었고, 내용물은 제 주머니에 우연히 들

---

43) 알칼로이드(alkaloid) : 식물체 속에 들어 있는, 질소를 포함한 염기성 유기화합물을 통틀어 이르는 말. 니코틴, 모르핀, 카페인 등과 같이 중요한 생리 작용과 약리 작용을 나타내는 것이 많다.

어 있던 수면제였어요. 즉 이 사건의 성인(成因; 사물이 이루어지는 원인 : 역자주)에 내 독자적인 해석을 내린 결론이고요, 범인에 대한 형 집행이 형무소보다 정신병원 쪽이 더 적합하다고 생각했기 때문입니다. 진상은 저 혼자만의 비밀로 한다면 당연히 제게 재판할 권리가 있을 테니까요."

그 몇 시간 후, 두 사람이 동승한 침대차(앰뷸런스; 구급차)가 때마침 꼭두서니 빛의 눈이 녹은 자국을 따라 B전광원(顚狂院; 정신병원 : 역자주) 문을 지나갔다.

역자 소개

박용만 朴用萬

㈜ 인하대학교 일본언어문화학과 강사
인하대학교 일어일본학과 졸업
일본 츠쿠바(筑波)대학 대학원 현대문화공공정책학과 졸업
언어학 박사(言語学博士)
전공·일본어학(일본어문법·일본어교육·일본어통번역)

역서:『고가 사부로(甲賀三郎) 단편 추리소설』〈共譯〉,『유메노 규사쿠(夢野久作)
단편 추리소설 소녀지옥』,『에도가와 란포(江戸川乱歩) 파노라마 섬 기담
(パノラマ島綺譚)』

논문:「翻訳に現れる日韓『受益構文』の比較研究−記述的文法の観点から−」
일본어문학 Vol.92 (2021),「한일 수익구문(受益構文)의 조사삽입 현상」
日本語教育 Vol.87 (2019),「受益構文とアスペクト性について」일본
학보 Vol.99 (2014)

감수

이성규 李成圭

(현) 인하대학교 교수, 한국일본학회 고문
(전) KBS 일본어 강좌 「やさしい日本語」 진행, (전) 한국일본학회 회장
한국외국어대학교 일본어과 졸업
일본 쓰쿠바(筑波)대학 대학원 문예·언어연구과(일본어학) 수학
언어학박사(言語学博士)

저서: 『도쿄일본어』(1-5), 『현대일본어연구』(1-2)〈共著〉, 『仁荷日本語』(1-2)〈共著〉,
『홍익나가누마 일본어』(1-3)〈共著〉, 『홍익일본어독해』(1-2)〈共著〉, 『도쿄겐
바일본어』(1-2), 『現代日本語敬語の研究』〈共著〉, 『日本語表現文法研究
1』, 『클릭 일본어 속으로』〈共著〉, 『実用日本語1』〈共著〉, 『日本語受動文
研究의 展開1』, 『도쿄실용일본어』〈共著〉, 『도쿄 비즈니스 일본어1』, 『日
本語受動文の研究』, 『日本語 語彙論 구축을 위하여』, 『일본어 어휘』 I,
『日本語受動文 用例研究』(I-III), 『일본어 조동사 연구』(I-III)〈共著〉, 『일
본어 문법연구 서설』, 『현대일본어 경어의 제문제』〈共著〉, 『현대일본어 문
법연구』(I-IV)〈共著〉, 『일본어 의뢰표현 I』, 『신판 생활일본어』, 『신판 비
즈니스일본어』(1-2), 『개정판 현대일본어 문법연구』(I-II), 『일본어 구어
역 마가복음의 언어학적 분석』(I-IV), 『일본어 구어역 요한복음의 언어학
적 분석』(I-V), 『일본어 구어역 요한묵시록의 언어학적 분석』(I-IV)

역서: 『은하철도의 밤(銀河鉄道の夜)』〈共譯〉, 『인생론 노트(人生論ノート)』〈共譯〉,
『두 번째 입맞춤(第二の接吻)』〈共譯〉, 『고가 사부로(甲賀三郎) 단편 추리
소설』〈共譯〉, 『호반정 사건(湖畔亭事件)』〈共譯〉

수상: 최우수교육상(인하대학교, 2003), 연구상(인하대학교, 2004, 2008), 서송한
일학술상(서송한일학술상 운영위원회, 2008), 번역가상(사단법인 한국번역가
협회, 2017), 학술연구상(인하대학교, 2018)

일본문학 총서 9

오구리 무시타로 단편소설

초판인쇄 2024년 03월 14일
초판발행 2024년 03월 20일
옮 긴 이 박용만
감　　수 이성규
발 행 인 권호순
발 행 처 시간의물레
등　　록 2004년 6월 5일
주　　소 경기도 파주시 숲속노을로 150, 708-701
전　　화 031-945-3867
팩　　스 031-945-3868
전자우편 timeofr@naver.com
블 로 그 http://blog.naver.com/mulretime
홈페이지 http://www.mulretime.com
I S B N 978-89-6511-453-6 (03830)
정　　가 14,000원